이달의 장르소설

이달의 장르소설 4

박상현
이사교
소 향
박향래
김정민
박상호

고즈넉이엔티

이달의 장르소설4

1쇄 발행 2022년 9월 30일

지은이 박상현, 이사교, 소향, 박향래, 김정민, 박상호
펴낸이 배선아
편 집 정수정
디자인 엄인경
펴낸곳 고즈넉이엔티

출판등록 2017년 3월 13일 제2022-000078호
주소 서울시 중구 남대문로9길 24, 패스트파이브 시청1호점 904호, 1007호
대표전화 02-6269-8166 **팩스** 02-6166-9199
이메일 gozknockent@gozknock.com
홈페이지 www.gozknock.com
블로그 blog.naver.com/gozknock
페이스북 www.facebook.com/gozknock
인스타그램 www.instagram.com/gozknock

ISBN 979-11-6316-402-9 03810

표지이미지 Designed by Getty Images Bank, Freepik

차례

이달의 장르소설

거울아 거울아

박상현

대전 출생. 처음으로 소설을 써보겠다고 마음먹었던 중학교 시절 이후로 글쓰기를 포기한 적은 없다. 『이달의 장르소설4』에서 첫 작품을 선보인다. 소설은 재미가 최우선이라는 마음가짐으로 지금은 장편소설을 계획하고 있다.

“저희에게 너무 과분한 선물이 아닌지 모르겠군요.”

“아닙니다. 오래전에 고향을 떠난 물건이 제자리를 찾을 수 있게 되어 기쁩니다.”

‘고향이라고?’

지구연합 의장이 손님의 옆에 선 통역관을 곁눈질했다. 제대로 통역한 거 맞느냐는 의심의 눈초리였지만 통역관의 왼쪽 눈 두 개는 흔들림이 없었다. 의장은 눈썹을 찌푸렸다.

“아무래도…… 제가 모르는 이야기가 있는 모양입니다.”

“예, 나름의 사연이 있습니다.”

라푸안 행성에서 온 네 개의 눈을 가진 손님은 콧수염 끝을 아래로 내렸다. 지구인으로 치면 어깨를 축 늘어뜨리는 것과 같은 행동이었다.

“이건 먼 옛날 제 선조께서 지구의 사람들에게 선물로 받으셨다고 들었습니다. 다만 언젠가 꼭 지구로 돌려주어야 한다는 말을 덧붙이셨습니다. 엄밀히 따지면 받은 게 아니라 빌려온 물건이라고 하셨지요.”

의장을 비롯한 지구 측 대표단의 시선이 일제히 ‘선물’로 향했다. 그것은 접견실 한쪽 벽을 가득 채울 정도로 커다란 기계 장치였다. 언뜻 초기의 진공관 컴퓨터를 닮았으나 갖가지 나무판과 뭔지 모를 금속 장비가 섞여 있어 하나의 설치 미술 작품처럼 보이기도 했다. 가장 눈길을 끄는 부분은 가운데 박힌 까만 원판이었는데, 깊은 밤의 호수처럼 연약하고도 위험한 인상을 풍겼다.

의장은 턱을 문지르며 자신의 역사 지식을 의심했다. 이런 괴상한 장치를 만들고 심지어 다른 행성의 생명체와 교류했던 시절이 인류의 역사 속에 정말로 있었던가?

"어떻게 받아들여야 좋을지 모르겠군요. 저희도 처음 듣는 이야기인지라. 그보다 이건 뭐라고 부르면 좋을까요? 초대형 컴퓨터?"

머나먼 행성에서 사연과 선물을 싣고 지구로 날아온 손님은 먼지 하나 없는 원판에 비친 의장의 모습을 바라보며 답했다.

"달리 이름은 없습니다. 여러분의 선조께서도, 저희 선조들도 그저…… '거울'이라고만 불렀다더군요."

갬은 어두운 복도를 펜라이트 불빛 하나에 의지해 나아갔다. 가끔 눈치 없는 센서등이 켜질 때마다 화들짝 놀라 뒤로 세 걸음씩 도망치기는 했어도, 그는 꾸준히 좌우를 살피며 복도 끝으로 걸어갔다.

"그냥 불을 켜지 그래? 어디로 가는진 모르겠지만."

"안 돼."

밤늦게 연구하기를 즐기는 사람에게 이른 아침이란 베갯머리에서 침 흘리기 가장 적당한 시간이었다. 고로 중앙우주연구소에서 지내는 대부분 인원은 아직 깊이 잠들어 있었고, 예외가 있다면 여기 펜라이트를 들고 수상쩍은 데이트를 즐기는 두 사람 정도였다.

"이미 충분히 들키고 있잖아. 이래서야 한낮에 당당히 돌아다니는 거나 별반 차이 없어."

"나 참, 누구 때문에 내가 이 고생을 하는데? 다 너를 위한 노력이라고."

"내가 뭘?"

"자, 우리가 허가받지 않은 시간에 허가받지 않은 구역으로 들어간 걸 들켰다고 생각해봐. 에헴, 누가 규칙을 무시하고 다녔지? 촉망받는 연구원 갬? 흠, 이 녀석은 앞으로 큰일을 해낼 녀석이니 여기서 앞길을 막을 수야 없지. 구두 경고로만 끝내. 어디, 이쪽은 누구야. 유머 감각 하나 없는 범생이 림이잖아? 이런 딱딱한 녀석들이 규칙을 우습게 알다가 언젠가 대형 사고 치는 법이라니까. 당장 징계위원회에 보고를 올리자고."

갬은 한껏 거드름을 피우며 가상의 상사를 흉내 냈다. 림이 보기에는 허풍과 거짓말이 많이 들어간 일인극이었다. 그녀는 커튼콜 대신 과장된 한숨을 보냈다.

"바로 그 촉망받는 연구원께서 규정에 어긋나는 행동을 저지르자고 나를 불러냈는데요? 네가 억지로 끌고 나오는 바람에 난 우주 슬러지에 관한 보고서도 쓰다 말고 나왔다고. 다음 주까지 보고서 못 내면 네가 대신 잔소리 들어줄 거야?"

"그렇지만 너도 '거울'에 흥미가 있는 건 사실이잖아. 아무 관심이 없다면 따라나서지도 않았겠지."

"외계인의 선물이랍시고 덥석 받았다가 40년째 부팅도 못 하는 고물 컴퓨터 따위에 내가 왜 흥미가 있어야 하는데?"

"40년 만에 부팅이 됐으니까."

"뭐?"

놀란 림이 더 묻기도 전에 갬은 복도 끝에 있는 제4보관실의 문을 열었다. 잠금장치는 풀려 있었다.

"자아, 인간의 지식을 초월한 세계에 오신 것을 환영합니다."

림의 고개가 갬이 뻗은 손끝을 따라 돌아갔다.

서늘한 보관실 안에 출처를 알 수 없는 물건들이 박

물관처럼 전시되어 있었다. 림은 발레 동작을 어설프게 흉내 내는 갬의 몸짓을 외면하며 제4보관실에 대해 선배가 했던 말을 떠올렸다. '종일 잠만 자는 예비 사이코패스들 수용소라고 보면 돼.'

보관실 안에는 진열장과 선반이 띄엄띄엄 늘어서 있었다. 용도를 알 수 없는 물건이 즐비한 가운데 거울은 단연 무시할 수 없는 존재감을 드러냈다. 일단 크기부터가 남다른 데다, 라푸안 행성인의 전달식은 전 세계에 생중계되었을 만큼 유명했고, 한술 더 떠서 본래 지구의 물건이라는 내력까지 붙는 바람에 고대 문명이 어쩌고 하는 음모론자도 대거 양산해낸 녀석이었다.

'켜는 법을 몰라서 내내 잠만 자고 있었지만.'

확실히 이전에 봤을 때와는 많은 게 달랐다. 거울에 연결된 몇몇 스위치는 불이 들어와 있었고, 원형 디스플레이로 추정되는 부분은 가만히 보기 어지러울 정도로 천천히 일렁거렸다. 거울의 옆면에 손을 얹자 기계장치 특유의 낮은 진동이 느껴졌다. 몸집은 대형 화물차만 한 주제에 림의 연구용 PC보다도 소음이 적었다.

"진짜네."

"그렇지? 내 말 맞지? 이건 세기의 발견, 그야말로 특종감이라니까? 오랜 세월 침묵하던 미지의 장치를 한 연구원이 끈질긴 연구와 노력 끝에 잠에서 깨웠도다! 월간 스페이스 선정, 올해의 인물 위대한 갬!"

"이거 어떻게 사용하는 거야? 입력 장치가 없는데?"

"그리고 아직 많이 부족하지만 마음만은 착한 림! 박수로 맞아주십시오, 여러분!"

림이 갬의 오금을 걷어찼다. 꽥, 하는 소리를 내며 갬의 무릎이 꺾였다.

"쓸데없는 소리 그만하고."

"안녕하십니까, 림 그윈 씨. 기운이 넘치는 분이시군요."

림이 갬의 멱살을 잡으려는데, 돌연 낯선 남자의 목소리가 들려왔다. 림은 깜짝 놀라 그대로 주저앉아버렸다. 숨소리마저 작아진 그녀의 머릿속에선 빠르게 반성문 초안이 작성되었다. '이번에 있었던 보관실 무단 침입 사건에 대해 진심으로 반성하고 있으며 지적 호기심 외에는 불순한 의도가 없었음을…….'

"좋은 아침이야. 별일 없었지?"

"제4보관실은 평소와 같습니다. 다른 장소에 대해 알고 싶으시다면 정식 절차를 거쳐주십시오."

"그냥 해본 소리야. 다른 곳이야 내 알 바 아니지. 림? 아까운 옷으로 바닥 청소 그만하고 일어나봐."

림이 몸을 일으키며 겁먹은 표정으로 출입문과 보관

실 안쪽을 살폈다. 분명 두 사람 외에 아무도 없었다. 그러니까, '아무도'라는 단어에 '사람'이라는 전제조건을 달면 성립하는 문장이었다.

"초면이니 인사라도 할래?"

"누구……?"

"이봐요, 슬슬 눈치챌 때도 됐잖아. 알면서 묻는 건 반칙이라고."

"……안녕하세요."

"좋은 아침입니다. 그쪽 패널은 조심해주시겠습니까? 오작동의 원인이 될 수 있거든요."

손바닥에 느껴지는 진동이 림의 정신을 깨웠다. 그녀는 혹시 지문이라도 찍혔을까 봐 옷소매로 플라스틱 표면을 황급히 문질렀다. 반성문의 두 번째 문장은 '보관실에 들어가 내부를 둘러보는 과정에서 딱 한 번 손을 짚은 적은 있으나……'라는 말로 시작했다.

"거기서 뭐 하는 거야? 이쪽으로 와. 여기 설명서 받고."

갬이 장난꾸러기 같은 미소를 지으며 주머니에서 두 번 접힌 종이를 꺼냈다. '사용 규칙'이라는 글자가 림에게는 시뻘건 지옥의 불길처럼 보였지만, 그럼에도 호기심을 억누를 수는 없었다. 림은 마지못해 종이를 받아들고 갬의 끔찍한 악필을 알아보기 위해 눈썹을 찌푸렸다.

"규칙 1. 하루에 최대 세 개의 질문을 할 수 있다. 네 번째 질문부터는 반응을 보이지 않는다. 질문 외의 평범한 대화는 가능하다."

"고전적이지? 3이라는 숫자가 아주 오래전부터 특별한 의미를 가졌다는 반증이야. 게다가 무분별한 사용을 방지하는 의미도 있고. 한 사람당 하루에 세 개일 수도 있지만, 아직 다른 사람을 데려온 적이 없어서 그 부분은 검증을 못 했어. 아마 사람마다 세 번씩 기회를 주는 건 아닐 거라고 봐. 그랬다간 온종일 전 세계 사람의 질문 공세에 시달려야 할걸."

"2. 질문에 대한 대답은 지구에 존재하는 인간의 의식 범위를 초월할 수 없다. 지구상의 누군가가 이미 알고 있는 사실에 대해서만 답변을 들을 수 있다?"

"아주 중요한 항목이지. 예언을 내리거나 새로운 무언가를 발견할 수는 없다는 뜻이기도 하고…… 아, 지구 바깥에 나가 있는 우주 비행사나 성간(星間) 여행객에 대한 실험도 아직 안 해봤어."

림의 시선은 멈추지 않았다. 역시, 호기심을 채우기 위해서라면 블랙홀이라도 뛰어들 연구원이라니까. 갬은 박수를 보내는 대신 접이식 의자를 가져와 팔짱을 끼고 앉았다.

"3. 질문을 하기 직전에는 반드시 명령어 입력이 필요하며 그 외에는 질문으로 간주하지 않는다. 명령어의 종류가 몇 가지인지는 불명확하나 현재까지 알려진 유일한 명령어는…… 갬, 이거 전부 네가 썼어? 장난치는 거지?"

"난 연구에는 장난 안 쳐. 직접 해볼래? 장난인지 아닌지."

갬이 친구에게 담배를 건네는 중학생처럼 얇게 웃었다. 실제로 16년 전에 림은 갬이 주는 담배를 피웠다가 눈물을 흘리며 반쯤 녹아내린 아침 식사 메뉴를 공개한 적이 있었다. 그때나 지금이나 림은 지는 것을 싫어했고, 상대가 갬이라면 더욱 그랬다. 갬도 뻔히 알기에 그녀를 떠보는 것이었다. 림은 주먹을 꽉 쥐고 거울을 마주보았다.

"거울아 거울아, 중력과 약전기력을 통합한 만물의 이론을 실험으로 검증하려면 어떻게 해야 하지?"

"질문이 올바르지 않습니다."

너무 즉답이라 맥이 빠질 정도였다. 갬은 미간을 찌푸리며 고개를 내저었다.

"바보냐. 인간이 모르는 정보는 안 된다고 했잖아. 그건 만물 이론을 완성한 놈이 있어야만 가능한 질문이라고."

림이 혀를 차고는 사용 규칙을 다시 한번 읽었다. 규칙은 6번으로 끝이었지만 꽤 고민한 흔적이 역력했다.

"대체 언제부터 이런 짓을 하고 있었던 거야?"

"내 컴퓨터에서 AV 파일을 찾아낸 우리 엄마도 그런 질문을 하셨지. 내 대답이 뭐였겠어? '얼마 안 봤어요, 엄마. 그리고 이건 자연스러운 거라고요.' 물론 엄마는 안 믿으셨어. 아들놈이 본인 몰래 이상한 짓 하면서 거짓말만 늘어놓는다고 생각하셨지."

"그래서?"

갬은 거울의 가운데, 눈동자처럼 까만 광택에서 눈을 떼지 않았다. 잘못한 것도 없는데 마땅히 시선을 둘 데가 없었다. 조금 전부터 림이 냉랭한 얼굴로 그를 노려보는 탓이었다.

"일주일."

작게 들려오는 한숨. 날카로운 눈빛. 추궁하듯 바닥을 두드리는 발끝.

"왜 아무한테도 말하지 않았어?"

"재미있잖아. 연구자는 가장 위험한 무기로 가장 재미있어 보이는 장난을 하는 법이라고. 그런 다음 실험이라는 이름을 붙여서 보고서로 발표하지."

사용 규칙이라고 거창하게 적었지만, 실제로는 갬이

일주일간 거울을 이용한 기록이라고 봐도 좋았다. 사용 조건, 한계점, 주의 사항……. 최소한 시답잖은 질문으로 일주일을 보내지 않았다는 건 림도 알 수 있었다.

“좋아, 바꿔 물을게. 나한테 말해준 이유는 뭐야?”

“비밀을 나눌 동업자가 필요해서. 기왕이면 입이 무거운 녀석이 좋지.”

“규칙 5. 상기 조건들이 보여주는 바와 같이, 거울로 미래를 알아낼 수는 없지만 과거 사실은 알 수 있다. 이 경우에도 최소 한 명 이상, 해당 정보를 알고 있거나 알았던 적 있는 인간이 존재해야 한다. 해당 정보를 아는 최후의 인간이 죽었을 경우 거울은 답을 내놓지 않는다.”

림이 규칙을 소리 내어 읽는 바람에 갬은 더더욱 시선을 돌릴 수 없게 되었다. 그는 림이 곧 화를 낼 것이라고 짐작했다. ‘세상에, 거울은 예언을 못 하지만 인간은 할 수 있잖아?’ 만약 거울에 대한 정식 보고서를 쓸 기회가 있다면 갬은 이 문장을 꼭 넣어야겠다고 생각했다.

“과거?”

림이 두 손가락으로 종이 끝을 잡고 팔랑팔랑 흔들었다. 갬은 아예 눈을 감아버렸다. 태풍이 들이닥칠 차례였다.

“내 과거가 알고 싶었어?”

"아니."

"갬."

"난 안 궁금해. 하지만 너는 궁금하잖아. 너희 부모님이 누군지."

"갬!"

갬은 출입문이 확실히 닫혀 있는지 힐끔 돌아보았다. 방음은 확실하겠지만 불면증에 시달리는 누군가가 저 문을 열고 들어오는 상황은 사절이었다.

"나도 안 궁금해. 쓸데없는 짓 하지 마."

"너야말로 거짓말하지 마."

"내가 어린앤 줄 알아? 부모 같은 건 우주 슬러지 청소용 세제보다도 관심 없다고."

"글쎄다, 아무튼 나도 불성실한 데는 한계가 있어서 내일쯤 거울이 깨어났다고 보고할 거야. 개인적으로 궁금한 게 있다면 물어볼 기회는 오늘뿐이라는 거지."

"만물 이론도 모르는데 뭘 더 물어보겠어?"

"실종 가족 찾아주는 사이트에 접속했던 기록이나 지우고 말해. 정기적으로 꼬박꼬박 확인하면서 뭘."

"……나쁜 새끼."

태풍일 거라고 생각했으나, 의외로 바람은 강하지 않았고 조금 이른 비가 내렸다. 갬은 당황해서 의자를 박

차고 일어났다. 림은 그대로 서서 한 손으로 눈을 가린 채였다. 손바닥 아래로 드러난 아랫입술은 하얗게 짓눌려서 금방이라도 피가 배어 나올 듯했다.

"야, 그, 아니, 안 물어봐도 돼. 나는 혹시나 해서 그런 거지. 어? 거울 너도 말 좀 해봐. 내가 막 남의 뒷조사를 하고 개인사를 물어보고 그러진 않았잖아?"

"그렇습니다. 갬 파브라일 씨의 명예를 위해 한 말씀 드리자면, 타인의 정보는 하나도 묻지 않으셨습니다."

"거봐. 억지로 알아내려는 거 아니니까 일단 좀 진정해. 믿을게. 믿으면 되잖아. 나도 안 궁금하고 너도 안 궁금하고. 그렇지?"

갬은 몇 번이나 림의 어깨에 손을 얹으려다가 그만두었다. 먹구름이 끼면 최대한 조심조심 지나가는 게 상책이었다. 갬은 태풍 속 조난자가 되어 패닉에 빠졌다. 그는 림의 어깨가 들썩일 때마다 천둥소리에 놀란 사람처럼 움찔거렸다.

"아주 오래전에, 세상에서 가장 아름다운 사람이 누구냐고 제게 물었던 사람이 있었습니다."

웬일로 거울이 먼저 말을 꺼냈다. 사람의 목소리도, 기계로 만들어낸 목소리도 아니지만 어쩐지 감정이 담긴 것처럼 들려와 갬의 목 뒤로 소름이 돋았다. 아니면 한낱 이야기가 역사로 바뀌는 순간이라 그런 것이거나.

"아름다움이란 주관적이지요. 그렇기에 저는 답할 수 없었지만, 그분은 계속해서 질문했습니다. 매일 세 번씩 말이죠. 그래서 저는 질문자가 믿는 바를 그대로 보여드렸습니다. 자기 자신이 가장 아름답다고 생각하는 날에는 질문자 자신이 가장 아름다운 사람이었고, 다른 사람을 보고 아름답다 느끼는 날에는 그 사람이 세상에서 가장 아름다운 사람이 되었지요."

림의 울음이 조금 잦아들었다. 갬은 이상한 기분이 되었다. 실제로도 동화 같은 결말을 맞았는지 묻고 싶기도 했고, 림의 기분이 나아졌는지 확인하고 싶기도 했고, 이제 마음 편히 자신이 울어버리고 싶기도 했다.

"배우자의 불륜 상대가 누구냐고 물은 사람도 있었습니다. 적국의 군대가 어디에 숨어 있는지 궁금해한 사람도 있었습니다. 신이 정말로 존재하느냐고 물어본 사람도 있었습니다."

거울이 받았다는 질문은 지구가 아니라 라푸안 행성이나 아니면 전혀 다른 곳에서 들었을 가능성도 있었다. 갬은 사람 사는 게 어디나 다 비슷비슷하구나, 생각하며 의자를 가져다 림의 뒤쪽에 놓았다. 당장 쓰러지더라도 의자에 안착할 정도의 위치였다.

“저는 질문을 듣고 대답을 할 뿐 그 의도나 선악을 판단하지는 않습니다. 하지만 굳이 따지자면, 남의 애인에게 관심을 두는 사람보다 차라리 자신의 아름다움을 끊임없이 확인하는 사람이 낫다고 생각합니다. 스스로에 대한 호기심은 언제나 정당하지요. 갬 파브라일 씨가 림 그윈 씨의 가족에 대해 묻지 않고, 직접 질문할 사람을 데려온 것처럼요.”

“그게 뭐야.”

림이 눈 밑을 긁으며 퉁명스럽게 내뱉었다. 음절 하나 하나에 눈물이 그렁그렁했다.

“네가 시켰어? 거울이 네 변호를 다 해주고 있네.”

“이번엔 진짜 아무것도 안 했어.”

“믿을 수가 있어야지.”

아직 림의 눈동자와 코끝이 새빨갛게 물들어 있었지만 적어도 눈물은 그친 모양이었다. 갬은 억울하다는 표정을 짓고 의자를 가리켰다.

“거기 편하게 앉아서 질문하시죠. 나는 저기, 음, 구석에 가서 주기율표나 외우든가 할게. 그럼 되겠지?”

림이 뭐라고 말하기도 전에 갬은 도망치듯 자리를 벗어났다. 림은 의자에 앉아 큰 한숨을 쉬었다. 알고 싶었지만, 알고 싶지 않기도 했던 질문이 머릿속을 맴돌았다.

"나 참, 누가 그런 쓸데없는 걸 궁금해한다고."

갬은 림이 '거울아 거울아'하는 목소리를 얼핏 듣고 더 멀어지기로 했다. 다행히 보관실이 연구소 직원 식당만큼 넓어서 반대편까지 가면 말소리는 하나도 들리지 않았다.

궁금한 마음을 참으려고 갬은 필사적으로 딴생각을 했다. 거울이 악용될 가능성이 있는데 어떻게 하면 좋지? 외부에 알려지기라도 하면 당장에 여기저기서 소유권을 주장할 거야. 정부의 높으신 분들이라든지, 지금은 은퇴했지만 당시 거울을 넘겨받았던 지구연합 의장이 나설 수도…… 그 사람은 죽었던가? 그럼 그 가문에서 성명을 낼지도 몰라. 일단은 비밀에 부쳐야 해. 연구소 안에는 나쁜 마음을 먹을 사람이 없길 바라야지. 어차피 앞으로 경계가 삼엄해질 거야. 근데 작동하고 일주일이 지나서야 보고서를 올리는 이유를 뭐라고 하면 좋을까? 변명해봤자 거울이 다 불어버리는 거 아냐? 입막음할 방법이 있으면 좋겠는데. 뭐, 비록 입은 없지만, 발성기관이라는 측면에서 보면 스피커를 입이라고 봐도…….

"야, 끝났다니까."

앞날을 걱정하며 생각이 꼬리에 꼬리를 무는 바람에

갬은 림이 부르는 소리를 놓치고 말았다. 뒤를 돌아보니 멀리서 림이 손짓하고 있었다. 눈이 좋은 갬은 거울의 원판 부분에 떠 있던 몇몇 사진과 글자 같은 것들이 획 사라지는 것을 보았다.

"문서 같은 걸로 띄워서 보여주더라고. 대충 다 봤어."

충격적인 출생의 비밀이 밝혀졌는지 어쨌는지 몰라도 림은 꽤 후련한 얼굴을 하고 있었다. 갬이 쭈뼛거리며 다가가자 림은 상체를 빙글 돌리며 원심력을 이용해 갬의 어깨를 후려쳤다. '찰싹'과 '퍽'의 중간쯤 되는 소리에 갬의 비명이 더해져 보관실에 울렸다.

"끄악!"

"하루에 세 개니까 질문 하나 남았네. 마지막 하나는 너 써라."

"그거 참 고맙습니다. 아야야, 힘도 좋네."

"공과상반(功過相半). 그러니까 이거 한 대로 끝낼게."

갬은 어깨를 문지르면서도 더 불평하지 못했다. 이 정도면 그가 예상한 시나리오보다는 잘 풀린 편이었다. 최악의 경우 면전에서 욕을 듣거나 다시는 어울리지 못할 경우까지도 고려했었으니까.

"뭘 물어볼 거야? 세계 평화를 이루는 방법이라든가?"

"여자한테 인기 있는 남자가 되는 비결."

"……"

"왜 뭐 왜. 불만 있냐."

"아냐, 뭐 그럴 수도 있지. 그래. 음……."

"굉장히 한심한 사람을 보듯 하는데."

"굉장히 한심한 사람이라고 생각하고 있거든."

"인류 최고의 석학이 되려고 욕심부리다가 질문 날려 먹은 누구보단 낫잖아."

"나 먼저 간다."

"야, 잠깐만. 1분만 기다려봐. 어? 치사하게 혼자 가는 거야?"

림이 손을 흔들며 보관실 밖으로 나가자 갬은 이러지도 저러지도 못했다. 진짜 마지막 기회인데 그런 질문으로 괜찮을지, 아니면 질문은 제쳐두고 림을 따라가서 거울이 알려준 이야기를 넌지시 물어봐야 하는지 확신이 없었다. 어느 쪽이나 호기심이었고, 지금이 아니면 다음 기회가 돌아올 가능성은 매우 낮았다.

"내가 생각해도 난 정말 선택을 못한다니까. 안 그래?"

"선택을 잘한다고 인기가 생기지는 않을 겁니다."

"그래도 100점 만점에 5점 정도는 더 딸 수 있지 않겠어? 나처럼 식당 메뉴판이 세상에서 가장 두려운 사람보다는 과감하게 메뉴를 고르는 사람이?"

"질문이라면 정식 절차를 거쳐주십시오."

"거울아 거울아, 내가……."

갬의 말문이 막혔다.

나는 무엇을 얻고 싶은가. 인간은 호기심에 미쳐버린 존재. 호기심의 처음과 마지막은 언제나 자기 자신에 대한 것. 어디서 주워들은 명언과 아까 거울이 들려준 이야기가 뒤섞여 휘몰아쳤다. 인기? 인기가 뭐였더라?

"……림한테 인기를 얻으려면 어떻게 해야 할까?"

"얼른 따라가지 않고 뭐 하세요?"

이번에도 즉답이었다. 너무 놀라 우는 타이밍을 놓친 아이처럼 갬은 몇 초간 굳어버렸다.

"그게 다야?"

"농담입니다. 사실 그것도 필요 없어요."

"……."

"갬 파브라일 씨의 운동 능력을 고려하면 3초 안에 출발할 경우 엘리베이터 타기 전에 따라잡을 수 있습니다."

갬이 요란한 소리를 내며 문밖으로 뛰어나갔다. 그러면서도 보관실 안의 불을 끄고 문단속까지 잊지 않았으니 가히 촉망받는 연구원이라 할 만했다. 어두워진 보관실 안에서 거울이 나지막이 중얼거렸다.

"예나 지금이나, 인간들이란."

거울이 침묵하고 불빛들이 꺼지자 보관실은 다시 잠에 빠져들었다.

작가의 말

저는 글 짓는 법을 배운 적이 없습니다. 문예창작학과는 고사하고 문과생도 아니었으니까요. 그래서 창작을 제대로 배운 분들, 유명한 작가분들의 글 사이에 제 글이 들어가도 괜찮은 건지 걱정이 앞섭니다. 하물며 작가의 말이라니. 세상에.

이 글은 예전에 썼던 백설공주에 관한 짧은 글에서 출발했습니다. 그때는 백설공주가 주인공이었고, 왕비가 남긴 요술 거울 때문에 나라가 망해버리는 이야기였습니다. 뭐든 알 수 있다는 게 과연 축복일까? 질문 하나가 세상을 바꿔버릴 수도 있지 않을까? 그런 상상이 미래를 배경으로 '거울아 거울아'가 된 것이지요. 정보가 권력이 되는 시대에도 순수한 질문을 던지는 사람들의 이야기를 해보고 싶었습니다. 만약 글을 읽은 여러분 각자가 '내게 거울이 있다면……'하고 한 번쯤 생각해본다면 저는 만족할 것 같습니다.

"거울아 거울아, 위대한 작가가 되려면 어떻게 해야 할까?"

"질문이 올바르지 않습니다."

"거울아 거울아, 재미있는 글을 쓰는 방법은 뭘까?"

"질문이 올바르지 않습니다."

"거울아 거울아, 나는 소설가가 될 수 있을까?"

"얼른 쓰지 않고 뭐 하세요?"

……그렇다고 합니다. 계속 또 뭔가를 써보겠습니다.

엄마, 제발 그 별로 돌아가세요

이사교

85년생. 대학에서 연극을 전공했다. 유머 감각을 직업적으로 승화시키는 방법에 대해 고민하며 서울에 살고 있다.

엄마가 사라지고, 그러니까 정확히 말하자면 엄마가 그 별로 돌아간 지 몇 달 후, 우리 집에서는 작은 파티 비슷한 게 열렸다. 아버지와 형 그리고 나는 그날 밤 모임을 '파티'라고 분명히 규정하진 않았다. 하지만 모두 암묵적으로 그 자리를 즐기고 있었던 건 확실하다—돈 아깝다며 배달 음식을 싫어하던 아빠가 고추바사삭치킨을 시킨 것을 보면 알 수 있다. 그러니까 그건 엄마의 부재를 축하하는 파티가 분명했다.

우리 엄마는 외계에서 온 생명체였다. 한마디로 외계인이었다, 이 말이다. 믿기 어렵겠지만 사실이다. 내 이야기를 계속 듣다 보면 믿든 안 믿든 상관없이 우리 엄마가 지구인이 아니라 제발 외계인이기를 바라고 있는 당신을 발견하게 될 것이다. 나와 같이 말이다.

엄마는 평생 웃지 않았다. 지구인이 아니었기 때문이다. 어렸을 때 "엄마는 왜 안 웃어?"라고 물으면, 엄마는 이렇게 대답했다. "내가 살던 행성엔 웃음이란 게 존재하지 않아. 웃음이라는 걸 발명할 만큼 고통스러운 곳이 아니거든, 지구와 달리." 그 대답이 니체의 말을 인용한 것이라는 걸 깨달았을 땐 엄마는 이미 그 별로 떠난 후였다.

엄마는 웃음을 몰랐다. 하지만 슬픔과 즐거움은 알았다. 엄마는 슬플 때 손뼉을 쳤고, 즐거울 때는 방귀를 뀌었다. 지구인과는 행동 양식이 달랐다. 우리 집은 언제나 엄마의 박수 소리로 가득했다. 엄마는 아침에 일어나면 손뼉부터 쳤다. 짝짝짝. 아침부터 뭐가 그렇게 슬펐는지는 잘 모르겠다. 박수 소리는 차라리 나았다. 아빠와 나, 형은 집에 있을 때 암묵적으로 농담 따위를 하지 않았는데, 엄마가 농담을 듣고 즐거워하면 고약한 방귀 냄새가 온 집 안을 뒤덮었기 때문이다. 엄마는 때때로 밤하늘의 별과 달을 보며 즐거워했다. 어두운 하늘 어딘가에 있을 고향별을 그리워한 것인지도 모르겠다. 시금치를 싸게 사 온 날엔 엉덩이를 들썩거리기까지 하며 즐거워하기도 했다. 그런 날이면 형과 나는 엄마의 방귀 냄새로 괴로웠다. 그렇게 우리의 유년 시절은 외계인 모친의 방귀 냄새와 박수 소리로 채워졌다. 하지만 그 방귀 악취에 익숙해진 형은 화생방 훈련 때 눈물 콧물을 한 방울도 흘리지 않았다고 한다. 조기 교육이 이렇게 중요하다.

어렸을 때 나는 엄마에게 이것저것 질문을 많이 했다. "엄마가 살던 별에서 제일 중요한 건 뭐야?" 엄마는 이렇게 대답했다. "미래." 나는 그 대답을 듣고 지구에서 제일 중요한 건 돈과 사랑이라고 말해줬다. 엄마는 고개를 끄덕이며 지구인들은 역시 형편없는 존재들이라고 중얼거렸다. 어느 일요일, 내가 초등학교에 다니던 때였는데, 같은 반 친구가 맛있는 걸 준다고 해서 같이 교회에 갔다 온 날로 기억한다. 그날 온종일 예수님 얘기를 듣고 온 나는 엄마에게 이렇게 물었다. "엄마가 살던 별에도 신이 있어?" 엄마가 대답했다. "있었는데 죽여버렸다." 놀란 내가 꽥 소리쳤다. "왜?" 엄마는 당연한 걸 왜 묻느냐는 듯 얼굴을 찌푸리며 대답했다. "지능이 낮아서." 나는 엄마네 외계 종족의 지능이 낮다는 건지, 신의 지능이 낮다는 건지 헷갈렸다. 엄마는 한숨을 쉬며 '신은 지구 생명체로 비유하자면 지렁이 수준의 지능을 가진 하등한 존재'라고 설명했다. 나는 엄마네 별의 외계 종족은 한글을 쓰는지 영어를 쓰는지 묻기도 했는데, 엄마는 자기들에게는 언어가 필요 없다고 했다. 마음으로 소통을 할 수 있기 때문이라고 했다. 나는 신을 죽이고 마음으로 대화를 나누는 엄마의 외계 종족 사람들이 항상 궁금했지만, 엄마는 그럴 때마다 내 마음을 읽고(!) 쓸데없는 생각 하지 말고 방에 가서 숙제나 하라고 했다.

외계인이었던 엄마는 한겨울에도 보일러를 틀지 않았다. 지구인에 대한 배려라고는 일절 없었다. 집에서 말을 할 때면 식구들의 입에서 하얀 입김이 흘러나왔다. 집 안에서 패딩을 껴입어야 했던 건 당연한 일이었다. 우리에게 패딩은 외출용 의복이 아니라 생활복이자 잠옷이었다. 이상하게 밖보다 집이 더 추웠다. 그래서 나는 겨울이면 일부러 길거리를 쏘다녔다. 걷다 보면 등이 뜨듯해지며 몸에 온기가 돌았기 때문이다. 집에서 보일러를 틀면 엄마한테 혼이 났다. 혼날 바에 그냥 추운 게 나았다.

그러던 어느 겨울, 내가 중학생이고 형이 고등학생이던 때로 기억하는데, 오백 원짜리 휴대용 액체 손난로를 주물럭거리던 형이 하얗게 얼어붙은 손난로를 바닥에 패대기치며 "추워 뒤지겠다. 삼십 분만 보일러 틀자."라고 반란 비슷한 것을 일으켰다. 나는 후에 일어날 일이 두려워 형의 의견에 반대하고 싶었다. 하지만 그 자리에서 "안 돼, 형. 보일러 틀었다가는 엄마한테 뒤져."라고 말하면 형한테 뒤지게 맞을 것 같아 그저 불안한 눈으로 보일러를 트는 형을 지켜만 봤다. 얼마 지나자 훈기가 방바닥을 맴돌았다. 나는 가장 따뜻한 안방 아랫목에 형과 함께 이불을 덮고 누웠다. 뜨듯한 바닥에 눕자 졸음이 밀려왔다. 졸린 눈을 꿈벅꿈벅 하던 나는 형과 같은 이불을 덮고 나란히 자는 게 굉장히 오랜만이라는 서정적 감정을 느끼는 동시에, 옆에 붙어 누워 있는 형에게서 흘러나오는 냄새를 맡곤 형이 담배를 피우고 있다는 사실을 깨달았다. 그리고 그제야, 내 교복 바지 주머니에 넣어두었던 담배를 종종 훔쳐 간 사람이 형이라는 것도 알게 되었다.

너무 더웠다. 나는 땀을 흘리며 일어났다. 언제 온 건지 엄마가 내 옆에 앉아 무표정한 얼굴로 쳐다보고 있었다. 깜짝 놀란 나는 옆에서 땀을 뻘뻘 흘리며 자고 있던 형의 몸을 흔들어댔다. "형. 형……." 형은 몸을 뒤척이며 "야, 덥다. 보일러 좀 꺼라."라고 중얼거렸다. 얼마 후, 형과 나는 반팔 티셔츠에 반바지만 입은 채 집 밖으로 쫓겨났다. 엄마는 우리를 쫓아내며 '엄마가 살던 별은 항상 영하 167도였고, 보일러라는 건 존재하지 않았으며, 너희같이 나약한 생명체들은 진화에 도움이 되지 않기 때문에 타 행성으로 추방된다'고 했다. 그날 형과 나는 대문 앞에 쭈그리고 앉아서 같이 마일드세븐을 피웠다. 너무 추워서 목구멍이 얼어붙은 건지 담배 맛이 잘 느껴지지 않았다.

엄마는 상시 영하 167도라던 그 빌어먹을 고향별 이

름을 수시로 바꿨다. 어느 날엔 '명왕성'이라고 했다가, '목성'이라고도 했다가, 또 어느 날엔 '삵밑뺨'이라는 별이라고도 했다. 엄마는 '달'에 살던 어느 날, 우주선을 타고 온 지구인 루이 암스트롱의 손을 붙잡고 지구에 오게 됐다고도 했다. 나는 루이 암스트롱은 재즈 가수고, 달에 착륙했던 사람은 닐 암스트롱이라고 엄마에게 말했지만 수시로 묵살됐다. 또 엄마는 'B612'라는 소행성에서 어린 왕자와 사실혼 동거를 했다고 주장하기도 했다. 이렇게 수시로 바뀌는 엄마의 고향별에 대한 진짜 정보는 내가 초등학생이던 시절, 아빠 친구가 보내온 고퀄리티 수제 막걸리인 '송명석 막걸리'를 마시고 기분 좋게 취한 아버지의 입에서 흘러나왔다. 엄마는 'tapas837'이라는—지구인들이 붙인 이름이다—별에서 왔다고 했다. 그 별에 살며 학교를 다니던 엄마는 타 행성으로 수학여행을 가게 됐고, 가난한 외계 집안의 자식이었던 엄마는 수학여행지로 별 매력도 없고 시들해 빠진 '지구'를 선택했다고 한다. 돈이 많은 외계 집안의 아이들은 억만 광년 더 떨어진 신비의 행성으로 떠난다고 했다. 아무튼, 그렇게 지구로 온 엄마는 인간 여자의 모습으로 변신해 서울 골목 이곳저곳을 돌아다니다가 우연히 아빠를 만나 사랑에 빠지고, tapas837로 돌아가는 우주선에 탑승하지 않았다고 한다. 그 빌어먹을 우연이 어떤 우연인지 궁금해진 나는 아빠를 졸랐지만, 아빠는 끝끝내 그 사연에 대해 말하지 않았다. 아빠는 그 우연이 상처라고 했다. 그러면서 동시에 그 우연이 사랑이라고 했다. 아빠는 가끔 옷장 속 케케묵은 박스를 열어 그 안에 담긴 베이지색 바바리코트를 조심히 쓰다듬고는 했는데—영국에서 수입한 정품 버버리였다—나는 엄마와 아빠가 만난 그 우연한 사건이 바바리코트와 연관이 있을 거라 조심히 추측했을 뿐이다.

시간이 흘러 내가 고등학생이 되었을 때, 한 정치인이 길거리에서 낯선 여성에게 자신의 성기를 보여준 성도착 행위에 관한 뉴스가 TV에서 흘러나왔다. 엄마는 멸치 똥을 따다 말고 아련한 눈으로 뉴스를 지켜보더니 이렇게 말했다. "청파동 뒷골목에서 너희 아빠를 처음 만났지. 그리고 곧바로 사랑에 빠졌어." 엄마가 얘기하길, 우리 아빠는 청파동에서 유명했던 소위 '바바리맨'이었다고 한다. 그렇게 청파동의 뒷골목에서 바바리맨 짓을 하던 아빠와 수학여행을 온 엄마가 마주쳤고, 외계인 엄마의 눈엔 그 모습이—정확히는 교과서로만 보던 인간 남자의 실물 성기가—충격적으로 '아름다웠다'고 했다. 바바리코트를 제쳤는데도 놀라기는커녕 환한 미소를 짓는 엄마를 보고 도리어 놀란 아빠가 곧바로 코트 옷깃을 주섬주섬 여몄지만, 이미 엄마의 레이더망에 걸린 후였고—비유가 아니라 정말 레이더 광선을 쐈다고 한다—엄마는 아빠에게 그 자리에서 같이 살자고 제안했다고 한다. 아빠는 그저 눈을 동그랗게 뜨고 고개를 끄덕였고……. 젠장. 그렇게 둘은 이문동 지하 셋방에 살림을 차렸다. 그리고 형과 내가 줄줄이 태어났다. 젠장…….

엄마는 평범한 지구인 행세를 하며 비교적 무난하게 세월을 보냈다. 우리 엄마는 김밥 공장에서 16년을 일했다. 하지만 비범한 존재였던 엄마는 조기축구회에 나온 손흥민처럼 뚜렷한 존재감을 드러낼 수밖에 없었다. 회사나 학교에서 단체 주문을 받아 김밥 도시락을 만들던 그 공장에서 엄마는 하루에 무려 900줄씩 김밥을 말며 외계인으로서의 특출난 능력을 뽐냈다. 엄마는 '지구인들은 하루에 기껏해야 400줄을 말 수 있다'고 했다. 그러던 엄마는, 돗자리에 앉은 사람들이 꾸역꾸역 입에 밀어 넣는 MSG 가득한 김밥을 하루에 900줄씩 말며 한 달에 160만 원을 받던 우리 엄마는, 내가 경기도 산골의 2년제 전문대에 입학한 해에 어떤 선언 비슷한 것을 했다. 그 선언은 이랬다.

"이제 김밥 공장 안 나갈 거야. 형도, 너도 이제 다 컸으니 알아서 살도록 해. 내가 살던 별에선 자식을 낳자마자 은하 계곡 위에서 밀어버리거든. 그리고 살아남은 자식들은 금성이 떴을 때만 본단다. 여태 지구인들의 관습에 맞춰 너희들을 먹여 살렸지만, 이제는 아니야. 엄마는 이왕 지구에 왔으니까 이 별에서 어떤 꿈을 성취하고 갈 거야." 상병 진급 휴가를 받아 집에 와 있던 형과 나는 입을 헤 벌리고 물었다. 그 꿈은 뭔가요, 어머니. 아직 안 정했단다. 추천받는다. 알고 있는 멋진 꿈 있으면 말해주렴. 엄마가 대답했다.

그 후로 엄마는 온갖 책들과 잡지, 신문을 읽기 시작했다. 엄마는 지구인들과는 비교가 안 되는 속도로 글자를 읽었다. 책 한 권을 읽는 데 30초가 채 걸리지 않았다. 엄마는 책을 집고, 후루룩 훑어보고, 덮었다. 다음 책, 후루룩, 끝. 그렇게 온종일 자신의 꿈을 찾는 엄마를 보고 있자니 내 마음은 갈수록 불안해졌다. 3주 후, 엄마가 아버지와 나를 거실에 앉히고 드디어 자신의 꿈에 대해 발표했다. 엄마는 한국에 존재하지 않았던 유일무이한 인간 존재, 즉 '대한민국 여성 최초 강간범'이 될 거라고 선언했다. 그 이야기를 들은 아빠는 파란색 짝퉁 아디다스 추리닝을 입은 채 조용히 집 밖으로 나갔다. 그리고 7년 동안 돌아오지 않았다.

엄마는 범죄 타깃 남성들을 찾아 떠나야 한다며 형의 군인 월급 중 일부를—오만오천 원을—갈취했다. 엄마는 그 돈으로 남자들에게 먹일 졸피뎀(수면제)을 살 거라고 했다. 엄마는 그렇게 자신의 꿈을 향해 한 발씩 나아갔다. 나는 엄마가 왠지 그 꿈을 정말 이뤄낼 것만 같은 불안함에 바로 대학교를 휴학하고 군에 입대했다. 그렇게 나는 대한민국 여성 최초 강간범이 될지도 모르는 엄마를 마주치지 않기 위해 내 인생 계획에는 없던 이른 군 생활을 하게 됐다.

그러던 어느 날, 일병 때였던 걸로 기억한다. 나는 완전군장을 하고 야간행군을 하고 있었다. 발목이 너무 아팠다. 아프다고 말하고 싶었지만 꾀병 환자 취급을 받으며 욕을 먹을 것 같아 꾹 참고 걸었다. 씨발, 씨발. 욕이 계속 나왔다. 그때, 구급차에서 의무병 중위가 내리더니 중대장과 뭔가를 속삭였다. 얼마 후 절뚝이며 걷던 나에게 중대장이 다가왔다. 중대장은 내 머리부터 발끝까지 쓰윽 훑어보더니 이렇게 말했다. "열외. 저기 타." 나는 이 말도 안 되는 기적 같은 상황에 놀라 군용 팬티 브레이브맨에 오줌을 살짝 지리기까지 했다. 그렇게 나는 구급차 뒤편에 의무병과 나란히 앉게 됐다. 그런데 더 놀라운 일이 벌어졌다. 의무병이 대뜸 내 귓가에 이렇게 속삭인 것이다. "아들, 엄마야." 편도 결석을 갖고 있을 것으로 추정되는 의무병의 고약한 입 냄새에 한데 섞여 나온 다정한 중저음의 목소리, '아들, 엄마야'라는 말은 실로 믿기 힘든 괴상한 것이었다. "왜 이러십니까, 중위님." 나는 기합이 바짝 들어가 빠짝 굳은 상체를 유지하며 정색했다. 의무병이 미소를 지으며 말을 이었다. "아들. 군 생활 힘들지? 엄마가 아들 힘들까 봐 잠깐 와봤어. 아프면 아프다고 사람들한테 말을 해야지, 응? 방금 형도 보고 왔어. 형은 내일모레 전역." 엄마 특유의 기묘한 억양을—지구 언어를 후천적으로 배운 탓이었다—들으니 의무병이 정말 우리 엄마 같았다. 그래서 나는 나도 모르게 애원하는 목소리로 징징댔다. "엄마, 지금 어디야. 강간범인지 뭔지 그거 하지 말고 그냥 집에 와." 내 말을 들은 의무병은 역겨운 윙크를 한 번 하더니 곧 스르륵 잠에 빠졌다. 그때 나는 아, 씨발, 우리 엄마가 진짜 외계인이구나 하는 것을 실감할 수 있었다.

엄마에게 집에 오라고는 말했지만, 정작 나는 집에 들어가는 것이 두려웠다. 그뿐 아니라 사람들의 시선도 두려웠다. 자주 식은땀이 났고, 어지러웠고, 불안했다.

외계인 엄마를 갖게 되면 나처럼 이렇게 된다. 이유를 알 수 없는 두려움이 일상 곳곳에서 슉슉 튀어나오는 것이다. 나는 휴가 때마다 친구 집에서 자거나 PC방, 찜질방에서 밤을 지냈다. 하지만 전역을 한 후에는 할 수 없이 집에 돌아갈 수밖에 없었다. 후임들이 선물해준 전역모를 버릴까 고민하다가, 조금 쪽팔리긴 하지만 이것도 추억이다 싶어서 태극기와 부대 마크가 새겨진 모자를 머리에 쓰고 집으로 향했다. 녹이 슬어 삼 분의 일쯤이 바스러진 초록색 대문을 열고—이미 대문의 기능을 상실한 지 오래다—집 마당에 들어섰는데, 웬 젊은 남자 두 명이 삽을 들고 마당에 구멍을 파고 있는 게 보였다. 내 또래로 보이는 남자들은 날 보더니 삽을 내려놓고 씨익 웃었다. 둘 중 키가 작은 쪽이 나에게 말했다.
"전역 축하해."

두 남자의 얼굴은 지금도 기억에 선명한데, 지금 생각해보면 한 명은 애니메이션 캐릭터 '스뻰지밥'을 닮았었고, 한 명은 미국 팝가수 '부루노 마스'를 닮았었다. 누런 얼굴에 똥그란 눈, 그리고 주근깨와 뻐드렁니를 가졌던 스뻰지밥과 작은 키에 까만 피부, 그리고 항상 웃는 얼굴이었던 부루노 마스는 우리 집에서 석 달 동안 같이 살았다. 그들은 다행히 엄마가 강간한 남자들은 아니었다(!).

셋은 항상 안방에서 같이 잤는데, 성관계를 하는 사이는 아닌 것 같았다—확실하진 않다. 목욕도 꼭 셋이 같이했다. 엄마와 스뻔지밥, 부루노 마스는 목욕을 하고 벌거벗은 몸으로 거실을 돌아다니고, 심지어는 벌거벗은 채로 부엌 식탁에서 함께 밥을 먹었다.

처음 이 광경을 봤을 때 나는 편의점으로 달려가 소주를 사서 한 번에 들이켰다. 그리고 토를 했다. 그리고는 아무렇지 않은 척 얼굴을 가다듬고 집에 돌아갔다. 그런데 거실에 들어서는 순간, 흔들리는 내 눈동자를 눈치챈 부루노 마스가 하얀 이를 드러내며 낄낄댔다. 엄마가 짐짓 근엄한 말투로 말했다. "엄마 친구들이야. 지구인이 아니란다. 네가 이해해야 돼." 스뻔지밥이 뻐드렁니를 드러내며 기이한 음을 흥얼거리더니 이렇게 말했다. "지구인들은 대체 어떻게 이런 유기체를 가지고 사는 거지? 불편하게 말이야." 스뻔지밥이 발기된 고추를 덜렁거렸다. 나는 조용히 내 방에 들어와 문을 닫고 방바닥에 주저앉아 흑흑 울었다. 한참을 울다가 어느 정도 감정이 정리되자 컴퓨터를 켜고 메이플 스토리를 했다. 일곱 시간 동안 게임을 하니 기분이 조금 나아졌다. 나는 유료 아이템을 더 사야겠다고 생각하며 잠이 들었다.

그 암흑 시기에, 그러니까 발가벗은 부루노 마스와 스뻰지밥이 우리 집에 살던 기간에, 그들은 우리 집 마당을 파서 방공호를 만들고 있었다. 엄마는 강간범이 되길 포기하고 급하게 고향 친구들을 불러 방공호를 제작하기 시작했는데, '곧 외계인들이—엄마 종족과 원수지간인—지구를 침략할 예정'이기 때문이었다. 엄마는 지구가 종말을 맞이할 거라고 했다. 나는 외계인들이 지구를 침략하는 이유를 물었다. 그러자 엄마는 '콜럼버스 패거리가 아메리카 대륙에 가서 원주민을 털어버린 것과 같은 이치'라고 대답했다. 콜럼버스가 누구인지, 왜 아메리카에 갔는지 정확히 몰랐던 나는 그냥 입을 다물었다. 무식해 보이기 싫었기 때문이다. 엄마가 꼴도 보기 싫었던 나는 '엄마, 그럼 얼른 고향별로 도망가'라고 말했을 뿐이다. 침략이고 종말이고 나발이고, 엄마만 없다면 이 초록별 지구도 꽤 살만한 곳이 될지 몰랐다. 하지만 엄마는 우주선이 없어서 못 간다고 말했다. 엄마는 우주선을 만들기 위해 필요한 재료를 구하려고 나름대로 노력해봤다고 했다. 우주선은 인간의 기술로 만들 수 없는 우주 첨단과학의 총체지만, 그 재료는 지구의 자연에 이미 존재하는 천연재료라고도 했다. 엄마는 그 재료 중 하나였던 암컷 호랑이 수염 13가닥을 구하기 위해 창원에 있는 동물원의 사육사와 원치 않는 성 관계를 가지기도 했고, 120살 먹은 인간의 사랑니를 구하기 위해 일본 시골의 장수 마을에서 두 달 동안 낫토에 밥을 비벼 먹으며 장수 노인이 죽기를 기다렸다고 했다. 엄마는 호랑이 수염과 사랑니 그리고 다른 기본 재료들을 모두 구했지만, 가장 중요한 재료였던 '마릴린 맨슨의 검지 손톱'을 구할 수 없어서—엄마는 이 얘기를 하며 마릴린 맨슨 콘서트 무대에 진입하려다가 경호원에게 맞은 총상 자국을 보여줬다—우주선을 만들 수 없었다고 했다. 나는 엄마의 얘기를 듣고 진심으로 안타까워했다.

그러던 어느 날, 부루노 마스와 스뻔지밥은 방공호를 짓다 말고 사라졌다. 며칠 동안 그들이 보이지 않자 궁금해진 나는 엄마에게 물었다. "엄마, 그 양반들 어디 갔어?" 엄마는 그들이 제주도에 펜션을 지으러 갔다고 했다. 거기서 돈을 많이 벌 수 있다고도 했다. 외계인들이 왜 제주도 개발 붐에 편승하는지, 왜 건축 현장 인부를 하며 돈을 벌어야 하는지 그 이유를 알 수 없었지만 나는 그저 고개를 끄덕였다. 더 이상 집에서 젊은 남자의 나체를 보지 않게 된 사실만으로도 무진장 행복했기 때문이다. 기분이 좋아진 나는 그날 밤에 메이플 스토리 유료 아이템을 십삼만 원어치 샀다. 그리고 레벨업을 했다. 게임 캐릭터는 그렇게 나 대신 모니터 속에서 승승장구했다. 그들이 떠난 후 엄마는 가끔 쓸쓸해 보였고, 나는 그런 엄마를 가끔 불쌍하게 여겼다. 그럴 때마다, 그러니까 엄마가 친구도 없이 혼자서 양푼에 계란프라이도 없이 비빔밥을 비벼 먹는 걸 볼 때면 나는 이렇게 중얼거렸다. 마릴린 맨슨 이 씨발놈아, 손톱은 또 자라잖아.

스무 살 때 엄마의 여성 강간범 선언을 듣고 집을 나갔던 아빠는 7년 후, 그러니까 내가 스물일곱이 되던 해—주력 게임을 메이플 스토리에서 월드 오브 워크래프트로 갈아탔던 해—에 돌아왔다. 어느 날인가 내가 대문 앞에서 담배를 피우고 있는데, 웬 빡빡머리에 겨자색 승복을 걸친 아저씨가 빨간색 페라리에서 내렸다. 그리고 그 아저씨는 나에게 이렇게 소리쳤다. "아들, 공용주차장 어딨냐? 동네가 거지 같아서 누가 긁어놓을까봐 무섭네. 이 차 얼마 같냐? 뭐? 팔천? 팔천 같은 소리 하네. 풀옵션 해서 삼억칠천이다, 이 촌시런 놈아." 그렇게 아빠가 돌아왔다.

중이 되어 집으로 돌아온 아빠는 집으로 들어오자마자 엄마를 찾았다. 엄마는 그때 안방에서 동네 아줌마들과 한창 바카라를 치고 있었는데, 아빠를 보자마자 굵은 눈물을 뚝뚝 흘리며 "썩을 지구 놈, 고추는 작은 놈이 명줄은 존나게 기네."라고 말했다.

동네 아줌마들을 들개 쫓듯 훠이훠이 쫓아낸 아빠는 거실에 엄마를 앉혀놓고 그 앞에 무릎을 꿇고 앉아 눈물을 흘리며 이야기를 시작했다. 엄마의 '여성 최초 강간범' 선언을 듣고 아빠는 자신이 지난 시절 저질렀던 잘못, 청파동 바바리맨으로 살아왔던 게 외계인 마누라에게 악영향을 미친 게 분명하다고 생각해 죄책감을 느꼈다고 했다. 그러면서 지난 십몇 년간 섹스리스 부부로 살아온 것에 대해서도 진심으로 사과했다. 아빠는 외계인 마누라 신체의 특수성 때문에—엄마의 콧구멍에서 가느다란 촉수 수십 개가 기어 나오면, 그 촉수 끝에 달린 아주 작은 돌기들을 아빠 고추의 오줌 구멍에 열여섯 시간 동안 넣어놓는 게 성관계 방법이었다—도저히 부부관계를 즐길 수 없었다고 털어놨다.

아빠는 집을 나가 강원도 산골의 한 토굴에서 지냈다고 했다. 그 토굴은 에어비앤비에서 구했는데, 토굴 주인이 용한 무당이었다고 한다. 무당은 자신이 주로 이 토굴에서 기도를 하며 영빨을 올렸는데, 홈쇼핑을 보다가 서유럽 패키지여행 상품을 덜컥 충동 구매해서 자리를 비우게 됐다며 한 달에 팔만 원이라는 파격적인 가격을 제시하며 아빠에게 토굴을 지켜달라고 했다. 딱히 갈 곳이 없었던 아빠는 오케이를 외쳤다. 그런데 그 무당은 꽤나 유명했던 모양인지, 토굴 앞으로 매일같이 사람들이 찾아와 아빠에게 이것저것 물었다고 한다. 아빠를 그 용한 무당으로 착각한 것이다. 아빠는 '승진, 건강, 결혼, 이혼, 투자, 투기, 자식'에 관해 묻는 사람들에게 그냥 꼴리는 대로 대답했다고 한다. 참으로 웃긴게, 사람들이 들고 온 그 심각한 고민이라는 것들은 제삼자로서 들어보면 답이 절로 나오는 뻔한 질문들이었다고 말하며 아빠는 헛웃음을 터트렸다. "남편이 올해는 임원으로 승진을 할까요?" "임원 되면 뭐 하게요. 곧 잘릴 일만 남지요? 그래서 만년 과장이 최곱니다. 좋은 일이 절대 좋은 일이 아니고 나쁜 일이 절대 나쁜 일은 아니라 이 말입니다. 인간만사 새옹지마입니다." "우리 딸 언제 결혼할까요? 나이가 서른이 넘어가는데 결혼을 못 해서 걱정이에요." "그래서, 삼십 년 넘게 결혼생활을 하며 어머님 인생은 그리도 행복하셨습니까? 제짝 찾으면 가지 말래도 갑니다." "강남에 아파트 두 채가 있는데 올해 팔까요? 연말에 부동산 시장이 폭락한다고 해서요." "강남 아파트가 가격 내려가는 거 보셨습니까? 듣고 계세요. 다시 또 오릅니다." 아빠는 토굴에 들어앉아 이런 식의 대답을 남발하며 사람들을 상대했는데, 그중 한 사람이 아빠의 조언대로 시골의 땅을 팔지 않고 갖고 있다가 땅값이 폭등해 수백억 대의 자산가가 되었고, 아빠를 위해 작은 절을 지어줬다고 한다. 그렇게 아빠는 '사나사(寺)'라는 절의 주지 스님—다른 말로 땡중—이 되었다.

아빠는 엄마에게 '헐벗은 나를—말 그대로 헐벗었던 게 맞다. 바바리맨이었으니까.—사랑해준 유일한 생명체는 지구와 우주 통틀어서 엄마 한 명뿐이며, 백수였던 나 대신 김밥 900줄을 말며 집안의 가장 역할을 해온 당신에게 진심으로 고맙다'고 말했다. 그러면서 그동안의 보답을 하고 싶다고 했다. 아빠는 이야기를 마치고 오열했다. 하지만 무릎을 꿇고 꺼억꺼억 트림 같은 울음을 내뱉던 아빠가 고개를 들었을 때 엄마는 이미 목욕바구니를 챙겨 집 밖으로 나간 후였다. 그 당시 엄마는 목욕탕 때밀이 아줌마와 바람이 났었기 때문이다.

때밀이 아줌마는, 나로서는 여탕에 들어가지 못하기 때문에 눈으로 확인할 수는 없었지만, 동네에 떠도는 소문으로는 굉장한 몸매를 가진 미인이라고 했다. 미인이라는 말이 대부분 '아름다운 여성'을 지칭하는 말로 쓰이지만, 사실 이 미인의 인은 사람 인(人)자다. 남자에게도 미인이라고 할 수 있다. 그러니 아름다운 남자같이 생긴 여자에게도 이 미인이라는 말을 쓸 수 있는 것이다. 때밀이 아줌마는 온몸이 근육질이고, 얼굴은 장동건같이 생겼다고 했다.

한증막 사우나를 좋아했던 엄마는—외계인치고는 너무나 지구인 아줌마스러운 취향 아닌가—어느 날부터인가 매일 목욕탕에 가기 시작했다. 그리고 외박을 하는 날이 잦아졌다. 곧 동네에 소문이 돌기 시작했다. 우리 엄마와 때밀이 아줌마가 사귄다는 소문이었다—정확히는 때밀이 아줌마와 우리 엄마가 모텔에 가서 '남자와 여자가 즐겨 하는 짓'을 한다는 내용이었다. 그래서였는지 언젠가부터 슈퍼 아줌마가 나를 측은하게 보기 시작했는데, 아마 그 소문을 들어서였을 것이다. 나는 "우리 엄마는 지구인이 아니라 외계인이고요, 암수한몸이에요. 그래서 엄마는 한 가지 성별을 유지할 필요가 없어요. 상대방에 따라 성별을 바꿀 수 있거든요. 그래서 뭐, 엄밀히 말하면 동성애는 아닐 수도 있어요."라고 슈퍼 아줌마에게 말해주고 싶었지만, 그냥 이렇게만 말했다. "말보로 라이트 하나요."

아빠는 집으로 돌아와서 좁은 토굴에 냄새가 밸까

봐 그동안 먹지 못했던 음식을 먹느라—삼겹살을 굽느라—한동안은 엄마의 뜨거운 외출을 눈치채지 못했다. 그러던 어느 날, 소문을 전해 들은 아빠가 목욕탕에 쳐들어가 여탕 앞에서 난리를 치며 안으로 들어가겠다고, 그 년인지 놈인지 하는 샹년을 두 눈으로 확인해야겠다고 소란을 피웠다. "내 마누라가 어떤 여잔 줄 알아? 이 지구인 놈들아! 으아아아!" 전해 듣기로, 아빠는 괴성을 지르다가 말고 아이처럼 우엥, 울었다고 한다. 우엥. 우엥!

아빠가 그날 난리 친 덕분에 때밀이 아줌마와 우리 엄마는 야반도주를 하게 됐다. 엄마는 식탁 위에 편지 한 장을 놓고 떠났는데, 편지 봉투 안에는 '수도세가 평소보다 많이 나왔으니 화장실이나 싱크대에서 누수되는 곳이 있는지 찾아보라'는 메모와 함께 수도세 고지서가 들어 있었다. 나는 고지서와 메모를 찢어버리고 냉장고 문을 열었다. 냉장고에는 말라비틀어진 애호박 두 개와 쪽파 찌꺼기만 남은 김치통이 덜렁 놓여 있었다. 그래서 나는 짜파게티를 끓여 먹었다. 다음날엔 비빔면을 먹었다. 그다음 날엔 진라면 매운맛을 먹었다. 그러다가 라면도 지겨워질 즈음 꽈리고추볶음이 먹고 싶어서 엄마에게 카톡을 보냈다. —반찬 없어. 엄마 어디야. 곧 엄마에게 답장이 왔다. —여수. 여긴 돌멩이도

맛있네.

아빠는 때밀이 아줌마의 남편을 수소문해 만났다. 그렇게 두 아저씨는 우리 집 거실에 '마누라 되찾기 대책 본부'를 세웠다. 마누라를 빼앗긴 두 남자의 표정은 자못 심각해 보였으나 변변한 대책이나 계획을 세우는 일은 두 양반의 역량 밖 일이었고, 아저씨 두서넛이 모이면 언제나 그렇듯 결국 동네 아저씨 술자리 모임으로 변하고 말았다. 하지만 그들은 소주잔을 부딪치는 중간중간 '두 년이 어디에 숨어 들어가 자빠져 누워 있을까'를 궁금해했고, 나는 조용히 내 방에서 게임을 하며 '여수, 여수'를 중얼거렸다. 나는 아빠에게 힌트를 주기 위해 뜬금없이 '여수 밤바다'를 큰 소리로 부르기도 했는데—네게 들려주고파~ 전활 걸어~ 뭐 하고 있냐고~ 나는 지금 여수 밤바다~—아빠는 그럴 때마다 눈치 없이 "아들! 언제 적 여수 밤바다야. 신곡 좀 불러봐!"라고 소리쳤다.

대책 본부가 세워진 지 2주가 넘은 어느 날, 나는 아빠와 아저씨가 벌여놓은 술판에 조용히 스며들어 팔보채를 집어 먹고 있었다. 그날따라 아저씨는 이상하게 말이 없었다. 그러다가 자정이 지났을 때 즈음, 조용히 앉아 소주만 마시던 아저씨가 입을 열었다. 아저씨는 쪽팔린다고 했다. 마누라가 여자랑 바람난 게 너무 쪽팔린다고 했다. 자기가 얼마나 못난 남편이었으면 마누라가 여자랑 바람이 났을까 싶어서 괴롭다고 했다. 아빠는 자기도 같은 처지에 있다는 사실을 잊어버리고 아저씨를 진심으로 위로했다. 그날 밤 아저씨는 우리 집 화장실에서 때수건으로 목을 매고 자살했다. 때밀이 아줌마의 남편이 때수건으로 목을 매고 죽은 사실은 우리에게 어떤 철학적 의미를 시사하는가? 150자 이내로 기술하시오…….

맞다. 형. 우리 형 이야기를 해야 한다. 형은 수학도 졸라게 못했으면서 이과에 갔고, 기적적으로 서울권 4년제 대학의 화학과에 입학했다. 그렇게 신비한 이공계의 세계로 들어간 형은 시시때때로 '엄마가 외계에서 왔다'는 명제에 딴죽을 걸며 반박했다. "엄마. 엄마가 외계인일 리 없어. 엄마가 왜 자꾸 그런 거짓말을 하는지, 아빠는 왜 자꾸 그런 거짓말에 양념을 치는지 모르겠지만 말이야, 엄마는 지구인이야. 모든 우주 생명체는 물리 법칙과 화학 법칙을 벗어날 수 없어. 엄마의 신체 화학 구성물을 바꿔서 지구인으로 변했다는 건 말도 안 되는 소리라고. 지구인으로 변신한 게 사실이라면 내 앞에서 외계인의 모습으로 돌아가봐. 그럼 믿어줄게. 아니면 그 타파스 별인지 뭐시기랑 교신해서 우주선을 보내던가 해봐." 형이 그럴 때마다 엄마는 딴청을 피우며 도라지를 다듬으러 부엌에 가거나 화초에 물을 줬다. 가끔은 화를 내기도 했다. 엄마는 "상놈의 새끼야, 네가 신의 유머 감각을 알아?"라고 말하며 양푼이나 주전자 같은 걸—잘 부서지지 않는 것 위주로—방바닥에 던졌다. 그래도 형과 엄마의 사이는 나쁘지 않았다—고 나는 생각한다. 적어도 서로에게 칼부림을 하진 않았으니까. 그러던 형은, 제대한 다음 복학을 하지 않고 시인이 되겠다며 강원도 삼척으로 떠났다.

그렇게 형을 보지 못한 채로 몇 년이 흘렀다. 그러다가 내가 주력 게임을 월드 오브 워크래프트에서 리그 오브 레전드로 갈아타던 해에, 예상치 못한 방식으로 형을 보게 됐다. 형이 TV에 나온 것이다. 형은 번듯한 시인, 아니 엄청 유명한 시인이 되어 있었다. 인터넷에서 검색해 보니 형이 쓴 '엄마, 당신의 이름을 들으면 며칠은 굶었다'라는 시가 폭발적 인기를 얻고 있었다. 그 시는 엄마를 미워하는 아들이 엄마에게 퍼붓는 악담 같은 것이었다. 이런 시가 이렇게 인기가 많다니, 생각보다 엄마를 싫어하는 사람들이 이 세상에는 참 많구나 생각하며—나무위키를 검색해보니 엄마를 싫어하는 사람들은 전국에 팔백만 명 정도로 추산된다고 했다—인터넷 창을 닫았다. 구글 웹 브라우저 크롬. 크롬을 보니 형 생각이 났다. 형이 크롬(chrome)을 '초롬'이라고 말하던 게 문득 생각났다. 형. 우리 형. 병신 같은 우리 형……. 형이 집에 있었다면 여자랑 바람이 나서 집 나간 엄마를 뭐라고 표현했을까? 분명 시인의 표현은 우리와는 다르겠지? 동네 아줌마들은 '미친년'이라고 부르지만 말이다.

엄마가 돌아왔다. 여수 밤바다에서 엄마가 돌아왔다. 엄마의 귀환은 예상보다 빨랐는데, 집을 나간 지 두 달이 채 안 됐을 때였다. 그때 아빠는 집에 없었는데, 우리 집 화장실에서 목매달고 죽은 때밀이 아줌마 남편의 장례를 치른 후—심지어 상주 노릇을 했다—아저씨의 불쌍한 넋을 기리기 위해 3년상을 해야 한다며 경기도 양평의 무덤가에 움막을 차리고 들어앉아 있었기 때문이다. 나는 엄마와 때밀이 아줌마의 새드엔딩 러브스토리를 듣고 싶지 않았지만, 불행하게도 엄마의 주둥이는 항상 열려 있었기 때문에 그 내용을 주워들을 수밖에 없었다. "나를 더 이상 사랑하지 않는다더라." 다행히도 이야기는 짧았다.

엄마는 짧은 사랑의 도피 행각을 끝내고 온 후부터

지구에서의 삶에 지쳤다고 곧잘 말했다. 고향별로 돌아가고 싶다고도 자주 말했다. 실연의 타격이 크다고 했다. 엄마의 말에 따르면, 실연당한 외계인들은 실연 당한 지구인들보다 118배 더 강렬한 정신적 충격을 입는다고 했다. 누군가를 좋아해본 적도, 그래서 실연이란 걸 겪어본 적도 없던 나는 실연이라는 고통을 '몇 년간 힘들게 렙업한 캐릭터 계정을 해킹당해서 새 캐릭터를 다시 처음부터 쪼렙으로 시작해야 하는 상황'에 대입해서 상상해봤다. 정말 고통스러웠다.

그 시기에, 그러니까 집에 엄마와 나 단둘이 살던 그 시기에, 엄마는 곧잘 바닥에 쓰러지며 입에 거품을 물고 온몸을 부르르 떨며 경련을 일으켰다. 경련이 끝나면 엄마는 바닥에 누운 채로 겁먹은 표정의 나를 올려다보며 '고향별과 교신을 했다'고 말했다. 꼭 간질 증상 같았던 교신 행위가 잦아지며 엄마는 몸을 부르르 떨다가 옷을 입은 채로 오줌을 싸기 시작했다. 엄마는 통신 상태가 안 좋다고 했다. 원활한 교신을 하려면 엄마의 신체에 적당한 물기가 있어야 전류가 잘 흐른다고, 그래서 오줌을 싸는 거라고 말했다. 그러면서 전도체, 전류, 양극, 와이파이 뭐 이런 것들에 대해 설명을 했다. 그렇게 우리 집은 기묘한 오줌 냄새로 찌들어갔다. 외계인의 오줌 냄새는 분명 인간과 다른 게 분명했다. 지독했다. 어느 순간부터 그 빌어먹을 교신 행위를 보는 것에 지친 나는 아빠를 찾아 양평에 있는 아저씨 무덤에 갔다. 하지만 아빠의 모습은 보이지 않았다. 그래서 나는 형에게 메일을 보냈다. 형은 '문화교류인사로 초청되어서 독일의 괴테 마을에 체류하고 있다, 집에 못 간다, 사실 갈 생각도 없다'고 답장을 보냈다. 그렇게 나는 고향별과 활발한 교신을 하게 된 엄마를 혼자 떠맡게 됐다. 기분이 이상했다. 엄마는 김밥 900줄을 말던 사람인데, 왜 지금은 바지에 오줌을 싸고 있을까. 교신을 계속하는데 왜 우주선은 오지 않을까. 아빠는 어디에 있을까. 형은 독일어를 할 줄 알까. 괴테가 뭘까. 뭐, 그 당시의 나는 이런 시시한 것들이 궁금했다.

엄마는 이불 위에 누워 있는 시간이 많아졌다. 동네 아줌마들을 불러서 바카라를 치지도 않았고, 사우나에 가지도 않았고, 여성 최초 강간범이 되겠다며 모험을 떠나지도 않았다. 엄마의 몸은 빠른 속도로 쪼그라들었다. 그런 엄마의 작고 쭈글쭈글한 몸은 이제 얼추 외계인 같아 보이기도 했다. 그러던 어느 날, 엄마는 스뻔지 밥과 부루노 마스가 파다가 만 마당의 방공호 구덩이를 가리키며 웜홀을 파달라고 했다. 웜홀을 통해 고향별로 갈 수 있다고 했다. 웜홀이 뭔지 몰랐던 나는 마당을 힐끗 보고, "개새끼들, 팔 거면 제대로 파고 가지. 엄마, 어디 손바닥만 한 구덩이에 들어가서 어떻게 고향으로 돌아간다는 거야?"라고 소리쳤다. 그리고 며칠 후에 삽은 어딨냐고 물었다. 엄마는 삽을 찾는 내 말을 듣고 빙긋 웃었다. 나는 엄마가 웃는 걸 그때 태어나서 처음 봤다. 엄마의 고향별에는 웃음이라는 게 존재하지 않았는데? 참 내, 엄마도 지구인 다 됐군. 아무래도 이 좆대가리 같은 지구에서 살려면 외계인도 별수 없이 웃음이라는 걸 학습하게 되는 게 분명했다. 내가 물었다. "뭐가 웃겨?" 엄마가 대답했다. "너."

나는 잠을 자고 밥을 먹고 게임을 하는 시간을 제외하고는 온종일 땅을 팠다. 정말 열심히 팠다. 군대에서 진지 공사할 때보다 더 열심히 팠다. 내가 삽질을 할 때 엄마는 쪼그라든 몸을 이끌고 마당 한 편에 쭈그리고 앉아 나를 지그시 지켜봤는데, 그럴 때마다 나는 이렇게 소리쳤다. "아, 놀고만 있을 거야? 교신 안 해? 얼른 그 별로 돌아가!" 그런데 어느 날엔가, 거의 구덩이를 다 팠을 때로 기억하는데, 갑자기 엄마가 '고향별은 이미 소멸됐다'고 말했다. 그곳의 시간 속도가 지구와 다르다나. 내가 구덩이를 파던 중에 그 별이 소멸됐다고 했다. 그래서 이제 아무와도 교신할 수 없고, 돌아갈 곳도 없다고 했다. 나는 그 얘기를 듣고 성질이 확 나서 삽을 집어 던지고 소리쳤다. "아, 씨발 진짜. 웜홀인지 뭔지 이거 파면 갈 수 있다며!" 엄마는 화가 나서 씩씩거리는 나를 보며 또 지구인처럼 씨익 웃었다.

결론부터 말하자면 엄마는 방공호인지 웜홀인지에 들어갔다. 그리고 묻혔다. 내가 엄마 몸 위에 흙을 덮었기 때문이다. 몇 달이 흘렀다. 아빠가 돌아왔다. 얼마 지나서 형도 돌아왔다. 나는 방공호인지 웜홀인지를 가리키며 엄마가 고향별로 떠났다고 말했다. 그날 저녁 우리는 치킨을 시키고 파티를 열었다. 치킨 상자를 열고, 무 포장을 뜯었다. 나와 형과 아빠는 치킨을 보며 다 같이 손뼉을 쳤다. 짝짝짝. 엄마가 슬플 때 손뼉을 치던 것과는 다른 종류의 박수였다. 그건 분명 지구인들의 박수였다. 짝짝짝. 와, 치킨이다! 짝짝짝. 그리고 우리는 농담을 했다. 밤새도록 실없는 농담들을 주고받았다. 며칠 후 형과 아빠는 다시 어딘가로 떠났다. 나는 그들이 어디로 떠나는지 묻지 않았다. 언젠가는 돌아올 거라는 걸 알았으니까.

몇 년 후, 나는 엄마가 어떻게 됐는지 궁금해서 땅을 파봤다. 땅속에는 엄마도, 엄마의 살점도, 뼈도 없었다.

아무것도 없었다. 흙만 있었다. 엄마는 웜홀로 차원 이동에 성공해 고향별로 돌아간 게 분명했다. 아마도 별이 소멸됐다는 건 엄마의 거짓말일 거다. 그렇게 시간이 지나고, 내가 주력 게임을 리그 오브 레전드에서 배틀 그라운드로 갈아탄 해에, 엄마와 아빠와 형과 나와 스뻔지밥과 부루노 마스가 살던 우리 집은 재개발 공사로 헐렸다. 나는 다른 동네로 이사를 갔다.

이제 나는 게임을 하지 않는다. 정확히 말하자면 안 하는 게 아니라 못 한다. 결혼을 해서 아이를 낳았기 때문이다. 내 아들은 지금 네 살인데 아내와 나를 바라보며 웃지 않는다. 다른 아이들은 엄마와 아빠를 보며 방긋방긋 웃는데 내 아들은 웃지 않는다. 그래서 아내는 우리 아들이 혹시 자폐증인지 걱정한다. 하지만 나는 걱정하지 않는다. "우리 엄마 피를 물려받아서 그래. 엄마는 외계인이었거든. 엄마가 살던 별에선 웃음이란 게 필요 없었대. 엄마도 웃는 법을 몰랐어. 그러니까 걱정할 거 없어." 이 말을 아내에게 소리 내서 말하진 않았다. 그냥 생각만 했다.

작가의 말

이 소설을 쓰던 시기의 작업 노트에 이렇게 적혀 있다.

'나를 웃기기 위해 쓴 글'.

그 당시의 나는 웃을 일이 지독하게도 없었다. (지금도 별반 다르진 않다.) 나는 '나를 웃기자'라는 단 하나의 목표를 이 소설에 설정했고, 그 목표를 완전히 달성했다. 낄낄대느라 타이핑을 이어 나가지 못할 때가 많았기 때문이다.

나와 같은 사람들도, 그리고 웃을 일이 많은 사람들도 즐겁게 읽기를 바란다.

이달의 장르소설

모르페우스의 문

소향

초등학교 교사. 2019년 어느 날 문득 글을 쓰기 시작해 동화와 SF, 청소년 소설을 쓰고 있다. 첫 동화로 2019년 국립생태원 생태동화 공모전에서 수상했고, 첫 소설 「달 아래 세 사람」이 제7회 한낙원과학소설상 수상작품집 『항체의 딜레마』에 실렸다. 다수의 앤솔러지 출간을 앞두고 있다.

진짜 현실 같은 꿈을 꿔본 적이 있나?

만약 그런 꿈에서 깨어날 수 없다면,

그것이 꿈인지 생시인지 어떻게 알 수 있지?

- 영화 〈매트릭스〉 중 모피어스(Morpheus)의 대사

띠, 띠, 띠, 띠, 띠이.

정각 알림음이 울리자 온주 중학교 3학년 4반 담임 주민아는 교실 벽에 걸린 시계를 흘끗 바라보았다.

20XX.06.24 Wed. 5:00 P.M.

지금 바로 출발해도 산부인과 예약 시간을 맞추기는 이미 틀렸다. 적어도 10분 전에는 출발했어야 했다. 민아는 손가락으로 무릎을 두드리다가 김도현을 슬쩍 바라보았다. 떨리는 손을 숨기려는 듯 주먹을 꼭 쥔 순하고 착하며 성적도 좋은 아이. 하지만 매사에 한 박자 느리고 눈치가 없는 탓에 반에서 겉도는 아이였다. 말수도 아주 적었다. 그런 도현이 수업이 끝난 뒤 쭈뼛거리며 찾아와 민아에게 상담을 요청했다. 하필이면 오늘, 정말로 결혼 4년 만에 임신한 게 맞는지 주치의에게 확인받고 싶은 날에.

"얘들아, 벌써 다섯 시다. 늦었는데 어서들 집에 가야지. 선생님도 일이 있어서 가봐야 해. 좋게 마무리 짓는 게 어떻겠니."

더위가 시작될 무렵이라 그런지 교실은 네 명의 남학생이 뿜어내는 땀내와 긴장감으로 가득했다. 아무도 대답을 하지 않자 민아가 팔짱을 끼며 말했다.

"휴……. 좋아. 그럼 선생님이 상황을 정리해볼게. 그러니까 도현이, 상모, 진우, 현호. 너희 넷이 국어 수행평가로 역할극 동영상을 찍었어. 조에 여자가 없다는 이유로 한 명이 여장하기로 했고 그걸 도현이가 하게 되었어. 그런데 영상을 본 도현이가 자신의 모습이 부끄럽다며 다시 찍자고 해서 영상을 새로 찍었어. 그런데 새로 찍은 것 대신 도현이가 지워달라고 한 걸 수행평가 제출 게시판에 올렸다는 거지? 상모가?"

약간의 침묵이 흐른 뒤 도현이 입을 열었다.

"네. 대본을 상모가 썼는데요. 제 모습이 부끄럽고, 대사도 너무 이상하고……. 도저히 볼 수가 없어서 지워달라고 했던 거였어요. 우리 학교 애들은 벌써 거의 다 본 것 같아요. 놀리는 댓글이…… 많이 달렸어요."

민아가 회전의자를 다른 세 아이 쪽으로 빙그르르 돌렸다.

“역할은 어떻게 정했어? 혹시 너희들이 도현이한테 억지로 시켰니?”

“아니에요. 가위바위보로 정했어요.”

상모와 진우, 현호가 동시에 손사래를 치며 대답했다.

‘내가 질 때까지 몇 번이고 다시 해서 정한 거였잖아.’

도현은 이 말을 입 밖으로 내고 싶은 것을 꾹 참았다. 처음으로 무리에 끼었을 때 느꼈던 달콤한 소속감이나 자신을 무시하던 상모가 처음으로 친구라고 불러줬던 날의 고마움이 떠올랐기 때문인지도 몰랐다.

“그런데 상모 너는 왜 그 동영상을 올린 거야?”

“실수예요. 처음에 찍은 영상 파일을 깜빡하고 안 지웠다가 잘못 올렸어요.”

“어쩌다 그랬어. 애당초 지웠으면 이런 일이 없잖아. 사이버 폭력도 학교폭력인 거 몰라? 그리고 도현이가 내려달라고 했는데 왜 안 내렸어?”

“어제 학생회 일이 너무 바빠서 깜빡했어요. 죄송해요.”

“휴……. 일단 알았어. 도현아, 간디가 그랬다. 용서는 강한 자만이 할 수 있다고. 상모가 영상 지우고 사과하면 용서해줄 거지?”

“네……. 저는 친구들과 화해하고 잘 지내고 싶어요. 선생님.”

상모가 도현의 대답이 끝나자마자 말했다.

"지금 바로 지울게요. 도현아, 미안해."

상모는 핸드폰을 몇 번 클릭하더니 화면을 도현과 민아에게 보였다.

"지웠어요."

민아가 두 손을 짝 소리가 나게 모으더니 미소를 띠고 말했다.

"잘됐구나. 상모가 영상 삭제한 거 선생님도 확인했고. 그럼 이제 다 해결된 거지? 잘들 가라. 문단속 잊지 말고."

민아는 아이들에게 휘휘 손짓하고는 서둘러 교실을 떠났다. 민아가 자리를 뜨자마자 구상모는 얼굴을 잔뜩 일그러뜨렸다.

"야, 김도현. 이딴 걸 꼰질러? 내가 내린다고 했으면 잠자코 기다릴 것이지!"

순식간에 변한 상모의 태도에 도현은 놀란 가슴을 누르며 들릴까 말까 한 소리로 말했다.

"네가 계속 알았다고만 하고 안 지우니까…… 나도 어쩔 수 없었어."

그때 도현의 핸드폰이 울렸다. 초등학교 친구 선우에게서 온 메시지였다.

— 도현아, 이거 친구한테 받은 건데. 이거 너 아니야? 지금 조회수 점점 올라가. 어쩌다 이런 게 온판에 올라간 거야.

속이 철렁 내려앉았다. 메시지를 본 도현의 손이 덜덜 떨렸다. 청소년 커뮤니티 사이트인 온판에 올라갔다는 건 학교 수행평가 게시판에 올라간 것과는 차원이 달랐다.

"사, 상모야, 지금 구성중 다니는 내 친구한테 메시지가 왔는데…… 너 혹시 온판에 그 동영상 올렸어?"

상모의 입가에 비열한 웃음이 스쳐 지나갔다.

"어? 알아버렸네. 그런데 김도현한테 친구도 있어? 와! 몰랐다, 야!"

도현은 핸드폰을 꼭 움켜쥐고 간신히 입을 열었다.

"도대체 나한테 왜 이러는 거야? 혹시 내가 너한테 잘못한 거 있어?"

"야, 뭐 그렇게 심각해. 그냥 장난 좀 친 거야."

상모가 도현의 한쪽 어깨에 손을 짚으며 말했다. 상모의 손가락이 도현의 어깨에 지그시 파고들었다.

"지금이라도 동영상 내리고 사과하면 없던 일로 할게. 난 그거면 돼."

상모는 도현을 노려보더니 몸이 뒤로 휘청 쏠릴 정도로 도현의 어깨를 밀쳤다.

"야! 내가 장난이라고 했잖아. 장난인데 무슨 사과를 해? 친구끼리 이 정도 장난도 못 쳐? 이런 재미라도 있어야 너랑 같이 놀지. 안 그러냐고!"

도현은 입술을 질끈 깨물었다. 그리고 떨리는 가슴을 간신히 진정시키며 애써 입을 달싹였다.

"지워줘……. 지금 당장."

"하, 나 진짜. 그래, 그러지 뭐. 그런데 내가 좀 바빠서 말이야. 내일 지울게. 급하면 지금이라도 담임한테 전화해서 얘기하든가. 네 특기잖아, 담임한테 꼰지르기. 그럼 내일 봐, 친구야?"

킥킥킥. 교실을 떠나는 세 아이의 비웃음 소리가 텅 빈 복도에 메아리처럼 울려 퍼졌다.

도현은 떨리는 손으로 선우가 보내준 메시지의 링크를 클릭했다. 상모가 악의적으로 편집한 영상은 학교 게시판에 올렸던 것보다 더 참담했다. 영상 아래로 댓글이 잔뜩 달려 있었다. 한 문장 한 문장이 가슴을 후벼 파는 것 같았다.

— 20XX 최고의 짤

— 아 웃겨 역대급

— 우리 반 웬만한 여자애보다 이쁘심

— 이렇게 봐도 봐도 질리지 않는 영상은 처음

— 헐 나 재 누군지 앎, 좌표: ㅇㅈ시 상록파크

벌게진 얼굴로 스크롤을 내리던 도현이 손가락을 뚝 멈추었다. 아파트 이름이 나온 것이다.

두 볼이 파르르 떨리고 심장이 마구 방망이질 쳤다. 내일 상모가 영상을 지운다고 하더라도 그사이 몇천 명이 볼지, 몇만 명이 볼지 가늠조차 되지 않았다.

시간이 멈춘 듯 고요한 방과 후였다.

도현이 운동장을 달리기 시작했다. 두 발을 힘껏 내디딜 때마다 기억의 조각들이 홀로그램 화면처럼 눈앞에 스쳐 지나갔다.

투명 인간 같았던 수련회, 화장실에 다녀온 사이 누군가 낙서해 놓은 체육복, 어깨를 움츠러들게 만드는 비웃음 소리, 그리고 온판의 영상과 댓글들.

심장이 물 밖으로 던져진 물고기처럼 펄떡이자 도현은 달리기를 멈추고 잠시 숨을 골랐다. 그리고 본관 3층으로 올라가 교실 앞 복도 창가에 섰다. 창밖에 푸르른 유월의 교정이 펼쳐졌다. 나란히 선 나무들이 저마다 긴 그림자를 드리우고 있었다.

왜 이런 일이 일어난 건지, 왜 아무도 나에게 미안하다고 하지 않는 건지, 이 괴로움은 끝이 있긴 한 건지 도현은 생각하고 생각했다.

잠시 후, 도현이 창밖으로 몸을 던졌다.

6월 24일 오후 5시 40분이었다.

***

20XX.06.24 Wed. 5:00 P.M.

"얘들아, 벌써 다섯 시다. 늦었는데 어서들 집에 가야지. 선생님도 일이 있어서 가봐야 해. 좋게 마무리 짓는 게 어떻겠니."

바짝 긴장하고 있던 도현은 순간 어리둥절했다. 조금 전 분명 3층에서 추락했는데, 그 순간의 느낌이 생생한데 다시 교실 의자에 앉아 있었다.

한 토막 꿈을 꾼 건지 헷갈렸다. 담임 민아의 말은 분명히 조금 전에도 들었던 말이었다. 게다가 다섯 시라니. 시계가 고장이라도 난 걸까? 도현은 핸드폰을 꺼내 시간을 확인했다. 핸드폰 시계도 다섯 시였다.

"휴……. 좋아. 그럼 선생님이 상황을 정리해볼게. 그러니까 도현이, 상모, 진우, 현호. 너희 넷이 국어 수행평가로 역할극 동영상을 찍었어. 조에 여자가 없다는 이유로 한 명이 여장하기로 했고 그걸 도현이가 하게 되었어. 그런데 영상을 본 도현이가 자신의 모습이 부끄럽다며 다시 찍자고 해서 영상을 새로 찍었어. 그런데 새로 찍은 것 대신 도현이가 지워달라고 한 걸 수행평가 제출 게시판에 올렸다는 거지? 상모가?"

믿을 수가 없었다. 조금 전과 똑같은 상황이 반복되고 있었다.

도현은 계속 멍한 채로 앉아서 아무 말도 하지 못했다. 그러자 민아가 회전의자를 다른 세 아이 쪽으로 빙그르르 돌렸다. 그 후 이어진 민아와 아이들의 대화도 역시나 조금 전 들었던 그대로였다.

이것이 꿈인지 현실인지 분간이 되질 않았다. 수업 시간에 들었을 때는 영 아리송했던 장자의 호접지몽이 이런 기분을 말하는 것이었을까.

"휴……. 일단 알았어. 도현아, 상모가 영상 지우고 사과하면 용서해줄 거지?"

도현이 멍한 표정으로 꿈을 꾸듯이 대답했다.

"네……. 선생님."

그 후 상모가 영상을 지우고, 민아가 서둘러 교실을 떠난 것까지 똑같았다.

꼼짝하지 않고 앉아 있는 도현에게 상모가 얼굴을 잔뜩 일그러뜨리며 다가갔다.

"야, 김도현. 이딴 걸 꼰질러? 내가 내린다고 했으면 잠자코 기다릴 것이지!"

도현이 여전히 정면을 멍하게 응시한 채 상모에게 물었다.

"너…… 혹시 수행 게시판 말고 온판에도 동영상 올렸어?"

상모의 입가에 비열한 웃음이 스쳐 지나갔다.

"어? 알아버렸네. 어떻게 알았지? 와우!"

그때 도현의 핸드폰에 메시지 알림이 울렸다.

"……사과해. 그리고 영상 내려줘. 그럼 없던 일로 할게."

상모는 사과는커녕 도현을 비웃고 윽박지르며 교실을 떠났다. 조금 전과 똑같이.

도현은 선우가 보내 준 링크를 클릭했다. 영상을 보는 도현의 가슴이 마구 뛰었다. 그러나 이전과 달리, 그 이유가 비단 동영상 때문만은 아니었다.

'설마…….'

타임 루프. 무슨 이유인지 모르겠지만 말로만 듣던 타임 루프에 빠진 거라고밖에 설명이 되지 않았다. 이전과 똑같은 행동에 이전과 똑같은 반응이 돌아왔다.

'또다시 시간이 반복된다면, 그렇다면 혹시 다음에는…… 모든 걸 원래대로 돌릴 수 있을까?'

도현은 교실 앞 복도 창가에 섰다. 그리고 그 자리에 뿌리내린 것처럼 꼼짝 않고 서서 핸드폰 시계를 바라보았다.

5시 37분.

5시 38분.

5시 39분.

그리고 5시 40분이 되었다.

***

또다시 도현은 교실 의자에 앉아 있었다. 벽시계를 올려다보았다.

20XX.06.24 Wed. 5:00 P.M.

돌아오는 시간은 언제나 5시 정각. 즉 타임 루프의 주기는 5시부터 5시 40분까지인 게 틀림없었다.

"애들아, 벌써 다섯 시다. 늦었는데 어서들 집에 가야지. 선생님도 일이 있어서 가봐야 해. 좋게 마무리 짓는 게 어떻겠니."

도현은 마음을 다잡았다. 다르게 행동하면 결과도 바

뀔 것이다. 이 기회를 아까처럼 흘려보낼 수는 없었다. 도현은 고개를 들고 용기 내어 말했다.

"선생님. 상모는 제가 올리지 말아달라고 한 첫 번째 영상을 게시판에 올렸고요. 여자 역할 정할 때 가위바위보로 하긴 했는데…… 제가 질 때까지 계속했어요. 전 사실 그런 역할은 하고 싶지 않았어요. 그래도 상모가 동영상 내리고 사과하면 없던 일로 할게요."

도현이 또박또박 말을 끝냈다. 그러자 민아와 세 아이의 눈이 동시에 커다래졌다. 도현은 늘 조용하고 먼저 말을 꺼내는 법이 없었다. 이런 모습은 처음이었다. 민아가 상모에게 물었다.

"상모야. 도현이 말이 맞아?"

"아, 네. 제가 일부러 한 건 아니지만…… 맞아요."

상모의 말이 채 끝나기도 전에 도현이 끼어들었다.

"제가 지워달라고 여러 번 말했어요. 그런데 상모가 자꾸 핑계를 대면서 영상을 내리지 않아서 선생님께 말씀드릴 수밖에 없었어요."

교실 안의 모두가 도현을 바라보았다. 정적이 흐르고 나서 민아가 입을 열었다.

"도현이 오늘 말 잘하네. 이유가 뭐든지 간에 상모는 얼른 동영상부터 지워."

상모가 떨떠름한 표정으로 영상을 지웠다.

도현은 믿기지 않았다. 아까와 같은 상황이었지만 이번에는 달랐다. 도현은 자신이 스스로 목소리를 냈다는 것이 가슴 터지도록 뿌듯했다. 그런데 뒤늦게, 미처 하지 못한 말이 생각났다.

'아! 선우 메시지!'

도현은 급히 자리에서 일어나 외쳤다.

"저기, 선생님. 저 드릴 말씀이 더……."

그러나 이미 민아는 교실을 떠난 뒤였다.

상모가 도현을 향해 얼굴을 잔뜩 일그러뜨렸다.

"야, 김도현. 이딴 걸 꼰질러? 내가 내린다고 했으면……."

"온판에도 동영상 올린 거 알아. 그것부터 얼른 지워줘."

상모가 조소를 머금고 비아냥거리며 말했다.

"이게 사람 말을 잘라? 싫다면 어쩔 건데. 내가 이런 장난도 못 치면 사는 재미가 없는데 어쩌지? 네가 이런 재미라도 주니까 놀아주는 거 몰랐냐?"

"지금 바로 안 지우면 부모님한테 말씀드리고 경찰에 신고할 거야."

"그래? 와! 김도현 무서워 죽겠네. 그러든가 말든가 맘대로 해, 새끼야."

세 아이의 비웃음 소리가 텅 빈 복도에 메아리처럼 울려 퍼졌다.

도현은 시계를 바라보았다. 다시 5시 40분이 될 때까지는 지난번 루프보다 남은 시간이 많았다.

그러나 언제까지 기회가 주어질지 알 수 없었다. 다음 루프에서는 꼭 제대로 해야 한다고 생각한 도현은 민아에게 할 말을 연습하기 시작했다.

"선생님. 드릴 말씀이 더 있어요. 상모가 동영상을…… 온판에도 올렸어요."

"선생님. 드릴 말씀이 더 있어요……."

"선생님. 아직…… 드릴 말씀이 더 있어요……."

그렇게 곱씹고 곱씹으면서 도현은 다음 루프를 기다렸다.

***

20XX.06.24 Wed. 5:00 P.M.

"얘들아, 벌써 다섯 시다. 늦었는데 어서들 집에 가야지. 선생님도……."

"선생님!"

도현이 고함을 치다시피 큰 소리로 민아를 불렀다.

"아, 깜짝이야. 왜 소리를 지르니. 놀랐잖아."

'스트레스받으면 안 되는데…….'

민아는 자기도 모르게 배에 손을 얹으며 정색을 했다. 도현은 그런 민아의 눈을 바라보며 또박또박 말했다.

"영상은 아까 얘기한 대로 제가 올리지 말아달라고 한 걸 상모가 게시판에 올렸고요. 전 여장 하고 싶지 않았는데 제가 질 때까지 계속 가위바위보를 했어요. 제가 어제부터 몇 번이나 부탁했는데 상모가 계속 내리지 않아서 선생님께 말씀드린 거예요. 그래도 상모가 동영상 내리고 사과하면 없던 일로 할 거예요."

민아가 미간을 살짝 찌푸리며 상모에게 물었다.

"상모야. 도현이 말이 맞아?"

"아, 네. 제가 일부러 한 건 아닌데 실수로……."

민아가 낮고 단호한 목소리로 말했다.

"일부러든 실수든 상모는 얼른 동영상부터 지워."

상모가 영상을 지우고, 민아가 의자에서 막 일어나려는 참이었다. 도현이 민아보다 먼저 벌떡 일어나며 소리쳤다.

"선생님, 잠깐만요!"

민아와 도현의 눈이 마주쳤다.

"잠깐만요. 저 아직 드릴 말씀이 있어요."

민아가 말없이 도현을 지그시 응시했다. 그런 민아를 바라보며 도현이 다시 한번 천천히 힘주어 말했다.

"저 진짜…… 드릴 말씀이 더 있어요."

민아는 잠시 생각하다가 다시 자세를 고쳐 앉았다. 이대로는 예약 시간에 늦을 게 분명했다. 하지만 도현의 말을 그냥 넘기면 안 될 것 같았다.

"도현이가 오늘 평소와 좀 다르네. 그래, 얘기해봐."

"상모가요. 아까 그 동영상을 온판에도 올렸어요. 이상하게 편집까지 해서요."

구상모, 박진우, 최현호가 놀란 표정으로 도현을 향해 일제히 고개를 돌렸다.

"뭐? 온판에? 구상모! 도현이 말이 사실이야?"

민아의 목소리에 퍼렇게 날이 섰고 상모의 얼굴에는 당황한 기색이 역력했다.

"아, 아니에요. 선생님."

"구상모! 도현이가 저 말을 괜히 할 리가 없잖아. 솔직하게 말해. 거짓말이면 일 더 커진다!"

"아, 저, 그게……."

민아가 정색을 하며 다시 상모에게 말했다.

"상모야, 제발 솔직히 말해줘. 도현이 말이 사실이니?"

구상모는 고개를 숙이며 기어들어가는 목소리로 대

답했다.

"네……."

민아는 기가 차서 짧은 한숨을 내뱉었다.

모두에게 예의 바르고 사교적이며 학생회에서 리더십을 발휘하는 상모였다. 그런 상모가 이런 짓을 했다는 게 믿기지 않았다.

"도대체 왜 그랬어. 이것도 실수야?"

"네. 실수예요. 제가 게시판 주소를 착각했나 봐요."

상모의 뻔한 변명 때문인지 무엇 때문인지 민아는 갑자기 속이 메슥거리는 것 같았다.

"수행 게시판이랑 온판을 착각했다고? 그게 말이 돼?"

상모는 대답 없이 고개만 푹 숙이고 있었다.

도현이 선우에게서 온 메시지를 열어 민아에게 핸드폰을 넘겼다. 민아가 메시지의 링크를 클릭했다. 동영상에서 퍼져 나오는 왁자지껄한 소리가 교실 안에 가득 찼다. 민아는 영상을 도중에 껐다. 더 볼 필요도 없었다.

'두통약을 먹을 수도 없잖아…….'

민아가 지끈거리는 이마를 짚으며 네 명의 아이를 죽 둘러본 후 무거운 목소리로 말했다.

"상모는 지금 내 눈앞에서 영상 지우고. 오늘은 늦었

으니 일단 돌아가라. 그리고 너희 모두 부모님께 선생님이 전화 드릴 거라고 말씀드려."

진우와 현호는 사태가 심상치 않다는 걸 눈치채고는 비굴할 정도로 도현에게 사과하고서야 집으로 갔다. 자기들은 처음부터 그럴 생각이 없었으며, 주도자가 아니고 방관자지만 그것조차 정말 미안하다고 몇 번이나 사과했다.

도현과 상모가 텅 빈 운동장에 마주 보고 섰다.

이제 상모의 사과를 받고 화해하면 전과는 다른 생활을 할 수 있지 않을까. 진우와 현호처럼 입에 발린 사과라도 한다면 없던 일로 하고 잘 지내보자, 용서해주자, 도현은 그렇게 마음먹었다.

정적을 깨고 먼저 입을 연 쪽은 상모였다.

"야, 너 이렇게 일 크게 벌일 거냐? 담임한테 전화해서 그냥 없던 일로 한다고 빨리 말해. 귀찮게 하지 말고."

예상을 비낀 상모의 말에 도현은 당황했다. 빈말이라도 상모가 미안하다고 해야 맞았다. 이쯤 되면 당연히 그럴 줄 알았다. 도현이 마른침을 삼키며 말했다.

"나한테 사과해. 그러면 없던 일로 할게."

"미친. 내가? 너한테?"

"그럼 내가 선생님께 잘 말씀드릴게. 하지만 사과 안

하면 경찰에 신고할 거야. 선생님께 학폭위도 열어달라고 할 거고."

"하……."

상모가 어이없다는 듯 헛웃음을 짓다가 도현을 노려보았다.

"이 새끼가. 너는 담임이 집에 말한다고 하면 내가 쫄 줄 알았냐? 학폭위? 까짓거 열어. 그거 열면 뭐가 어떻게 되는데. 내가 널 때렸어? 아니면 돈을 뺏었어? 그냥 동영상 좀 실수로 올린 거잖아. 그 정도로 내가 소년원이라도 갈 것 같냐? 끽해야 봉사 며칠이야. 그리고 우리 엄마 운영위원인 거 알지? 우리 엄마가 가만있을 것 같아? 내가 왕따 구제해준 거잖아. 그런데 왜 나만 잡고 늘어지냐고!"

도현은 절망했다. 희망을 품었던 만큼이나 절망이 더 무겁게 느껴졌다. 루프 안에서 아무리 발버둥을 쳐도 결국 바뀌는 건 없었다.

사실 처음부터 알고 있었다. 상모는 자신을 친구로 생각한 게 아니라 스트레스 풀 만만한 애가 필요했다는 걸. 그래도 도현은 먼저 말 걸어준 상모가 고마웠다.

상모가 사과하길 간절히 바랐다. 그러면 조금은 자신을 진심으로 대한 것이리라 위안이 될 것 같았으니까.

도현이 갈라진 목소리로 입을 열었다.

"상모야……. 넌 만약 시간을 다시 되돌릴 수 있다면 뭘 하고 싶어?"

"너 드디어 미쳤냐?"

"난 시간이 되돌아간다는 건 누군가 나에게 기회를 준 거라고 생각했어. 내 힘으로 바꿀 수 있을 줄 알았어. 그런데 아니더라. 부탁할게. 언젠가는 꼭 진심으로 사과해줘."

"헛소리 적당히 해. 네가 그러니까 찐따 소리를 듣는 거야. 아무튼 내일 나한테 피곤한 일 생기기만 해봐."

퉤. 상모는 바닥에 침을 뱉고 자리를 떠났다.

도현이 운동장을 달리기 시작했다.

수많은 기억의 조각들이 눈앞에 스쳐 지나갔다.

투명 인간 같았던 수련회, 누군가 낙서해 놓은 체육복, 비웃음 소리, 인터넷에 올려진 영상과 댓글들. 그리고 엄마…….

도현은 달리기를 멈추고 3층으로 올라가 교실 앞 복도 창가에 섰다.

잠시 후, 도현이 창밖으로 몸을 던졌다.

6월 24일 오후 5시 40분이었다.

***

으아악!

진료용 의자에서 외마디 비명을 지르며 도현이 일어났다. 칠흑 같은 어둠 속에서 숨을 헐떡이는 도현에게 누군가 말을 건넸다.

"도현아, 괜찮니?"

동시에 눈앞이 환해졌다. VR 헤드기어가 벗겨진 것이다.

어느 정도 방 안의 조도에 눈이 익숙해지자 도현은 자신에게 말을 건 코랄 립스틱의 여자를 바라보았다. 여자가 입고 있는 흰 가운 가슴팍에 적힌 이름이 보였다.

심지원. 학교폭력 상담센터에 파견 나와 1차 VR 치료부터 지금까지 도현을 담당하고 있는 의사였다. 낯익은 지원의 얼굴을 마주하고서야 도현은 상황을 온전히 파악했다. VR 치료가 끝날 때마다 매번 느껴지는 이 느낌이 정말 죽도록 싫었다.

관련자 진술을 토대로 온주 중학교 학교폭력 사건 당시의 상황과 피해자의 감정, 인지 체계를 입력한 '가해자 가상체험 심리치료 프로그램'. 이 망할 프로그램은 너무나 실감 나서 몇 번을 해도 늘 현실처럼 느껴졌으니까.

도현은 떨리는 손으로 상처 하나 없이 말끔한 자신의 다리를 문질렀다. 하지만 아직도 전신에 통각의 여운이 남아 있는 듯했다.

"세 번째인데도 매번 진짜 같고 꼭 처음 겪는 일처럼 느껴지지?"

"네……."

"프로그램이 심리치료 대상자의 기억을 담당하는 뇌 부분을 직접 자극해서 영상으로 재현되게 만들어졌기 때문에 가능한 일이야. 피해자의 감정에 완전히 이입한 체험이 가능한 프로그램이지. 한마디로 VR 안에서는 도현이 네가 상모가 되는 거야."

가슴을 쓸어내리며 숨을 몰아쉬는 도현의 눈에 벽에 붙은 홍보용 신문 기사가 보였다.

1년 전, 교육부가 도입한 '학교폭력 VR 가상치료'가 큰 효과를 보이고 있다.

온주대학병원 소아정신건강의학과 박상우 교수팀은 피해자의 고통을 이해하도록 훈련하는 이른바 '가해자 가상체험 심리치료 프로그램'을 개발했다.

전국 200여 명의 학교폭력 가해 청소년들에게 VR 가상체험 심리치료 프로그램을 시행한 결과 폭력 성향은 줄어들고 전두엽과 두정엽의 기능이 개선됐다는 연구 결과가 나왔다. 연구팀은 학교폭력 가해 청소년에게 격주로 4~6주간 프로그램을 시행하고, 시행 전후 임상 및 신경 심리검사와 뇌 영상 촬영을 진행했다. 그 결과 가상현실을 통해 가해 청소년이 피해 청소년의 감정을 온전히 느끼게 함으로써 미성년 청소년의 부족한 공감 능력을 향상시키는 동시에, 가해자가 폭력을 저지르며 받은 상처를 치료해 학교폭력 재발 비율을 현격히 줄였다고 발표했다. 또한 청소년의 전두엽과 두정엽의 신경회로를 활성화해 충동 및 공격성을 줄이는 효과를 보였다고 전했다.

박 교수는 "이번 연구로 학교폭력 피해 및 가해 학생에 대한 실질적 해결책을 마련했다는 데 큰 의의가 있다"고 말했다.

기사 승인 20XX.08.05 11:15

'헛소리하고 있네.'

바뀌지 않는 타임 루프에 빠진 게 아니라 가상체험이었다는 건 다행이었다. 하지만 도현은 가해자가 무슨 심리치료를 받아야 한다는 건지 도통 이해되지 않았다. 가해자도 피해자 못지않은 심리치료가 필요하다는 학교폭력위원회의 결정은 치료를 빙자해서 벌을 주기 위한 그럴듯한 핑계일 뿐이라는 생각이었다.

'이건 완전 세뇌야. 이만하면 벌은 충분히 받은 거 아냐? 상모 새끼는 그날 한 번이지만 난 VR 속에서 벌써 몇 번이나 떨어졌다고!'

도현이 양쪽 관자놀이를 엄지로 누르며 말했다.

"선생님. 오늘따라 머리가 무겁고 좀 띵한 것 같아요."

"그래? 많이 불편하면 약을 처방해줄게."

"약 먹을 정도는 아니에요……."

지원이 알겠다는 듯 고개를 끄덕이고는 모니터를 보고 차트에 무언가 적었다.

"음. 많이 좋아졌네."

"그럼…… 이제 제가 상모의 마음을 완전히 느낀다고 할 수 있나요? 이제 치료는 그만 받아도 되나요?"

"공감도가 80% 이상이면 상당하다고 할 수 있지. 알고 있겠지만 가상체험 치료를 끝내는 기준이 그거야. 오늘 도현이가 사건 당시 상모의 감정을 73% 공감한다는 결과가 나왔어. 지금까지 중 최고 수치지만 80%는 아니야. 다음 상담은 2주 후로 하자. 선생님 생각에는 아마 그땐 80%를 넘을 것 같은데?"

도현은 의자에서 일어나 가방을 챙겼다. 그리고 치료실 밖으로 나가려던 걸음을 문득 멈추고 슬픈 표정으로 지원을 돌아봤다.

"선생님. 저는 진짜가 아니어도 이렇게 힘든데…… 상모는 그동안 얼마나 힘들었을까요? 저는 친구끼리 그냥 장난친 거라 생각했는데……. 심리치료를 할 때마다 상모의 생생한 감정한 느껴져서 정말 너무 미안해요."

도현의 볼 위로 눈물이 주르륵 흘렀다. 지원이 황급히 도현에게 다가가 어깨를 감쌌다.

"역시 기계가 사람의 마음을 온전히 알 수는 없나 보다. 그거 아니? 괴롭힘을 당하는 아이는 주변으로부터 고립되는 힘듦까지 겪게 돼. 주변 친구들이 자기들도 안 당하려고 강한 아이에게 몰리기 때문이지. 그리고 고립을 유발하는 폭력을 당하면 뇌에서 죽을 때 나오는 신호들이 나온단다. 정말로 죽는 것만큼 아픈 거야. 정말 죽을 만큼……."

지원은 목이 메었는지 헛기침을 하고 계속 말을 이어갔다.

"상모의 그 괴로움을 VR 안에서 너도 똑같이 느낀 거야. 선생님이 보기에는 지금 도현이가 100% 공감하는 걸로 보이는구나. 지금 이 마음, 절대 잊지 말아야 한다."

"네……."

도현이 늘어진 어깨에 가방을 걸치고 문을 향해 몸을 돌렸다.

그러다 치료실 한편의 이젤에 놓인 그림을 보고 그 앞에 가서 섰다. 등에 커다란 날개가 달린 남자가 깊은 잠에 빠져 있는 그림이었다. 채색이 다 끝나지는 않았지만 한눈에 보기에도 정말 멋진 그림이었다.

"이거 선생님이 그리신 거예요?"

"응. 내가 너만 할 때 그림을 그렸어. 미대에 가고 싶었는데 어쩌다 보니 의사가 됐네."

"와, 대단해요. 정말 잘 그리시네요. 그런데 이 사람은 누구예요? 날개가 달린 걸 보면 사람이 아닌가 봐요."

"모르페우스야. 그리스 신화에 나오는 꿈의 신이지. 모르페우스는 꿈에 인간의 모습으로 나타나는데 누구의 모습이든 자유자재로 바꿀 수 있대."

"아. 그럼 어젯밤 꿈에 제가 좋아하는 아이돌 제나가 나왔는데 그것도 모르페우스가 변신한 걸까요?"

"후훗, 그렇지. 꿈에서 깨기 싫었겠구나."

"네. 딱 1분만 더 잤어도 제나 손을 잡을 수 있었는데."

지원이 아쉬운 표정으로 말하는 도현을 보고 웃었다.

"모르페우스의 집엔 두 개의 문이 있는데, 상아로 만든 문으로 나오면 기억에 남는 꿈을 꾸고, 뼈로 만든 문으로 나오면 기억하지 못하는 꿈을 꾼다고 해. 잠에서 깨면 어떤 꿈은 오랫동안 기억에 남고 어떤 꿈은 눈을 뜨자마자 잊기도 하잖아. 모르페우스가 어떤 문을 통과하냐에 달린 거지. 어제는 상아로 만든 문을 통과했나 보네."

도현이 미소로 응수하며 치료실 문을 열었다.

밖에서 도현 엄마가 기다리고 있었다. 그녀는 지원이 내미는 서류에 사인하고 조심스러운 목소리로 물었다.

"저, 선생님. 도현이 치료는 언제까지 받아야 할까요?"

"도현이에게 말했는데요. 제 예상엔 2주 후에 한 번만 더 오면 될 것 같습니다."

"아, 정말 감사합니다."

도현 엄마는 허리를 깊숙이 숙여 지원에게 인사했다. 주차장에 갈 때까지 도현과 도현 엄마는 아무 말도 하지 않았다.

8월은 뜨거웠다. 문을 열자 오븐처럼 데워진 차 안의 열기가 두 사람에게 훅 달려들었다. 도현 엄마가 시동을 걸고 에어컨을 켜면서 신경질적으로 소리쳤다.

"아니 왜 또 오래. 남들은 보통 두 번, 많아야 세 번이면 끝난다던데 오늘도 통과를 못 하면 어째! 정말 시간을 얼마나 잡아먹는지 원. 내일모레면 고등학생인데 툭하면 학원도 못 가고 이게 뭐니! 엄마랑 연습한 대로 한 거 맞아?"

"아씨, 몰라. 엄마보다 내가 더 짜증 나. 방학에 이게 뭐냐고."

도현이 콘솔박스를 발로 퍽 차며 한껏 짜증을 부렸다.

"그만해!"

도현 엄마가 도현보다 더 크게 소리치고 물티슈로 콘솔박스를 닦으며 말했다.

"VR 심리치료. 번거로워도 지금으로선 이게 최선이야. 그래도 이런 게 있어서 얼마나 다행이야?"

"똑같은 얘기 그만 좀! 지겨워! 엄마가 한번 해봐. 차라리 소년원 가는 게 낫겠다고! 몸만 안 들어갔지, 헤드기어 쓰고 있을 때는 뇌가 감옥에 갇힌 거나 마찬가지라고."

"얘가 말하는 것 좀 봐. 누가 이렇게 일을 크게 만들었는데? 영상 빨리 내렸으면 이렇게까지 안 됐잖아. 뭐하러 그런 애 말에 발끈해서는 일을 이 지경으로 만들어? 너 대신 할 수만 있었으면 엄마는 VR 그까짓 거 백번이라도 했어. 엄마 마음은 생각도 않고 그렇게 자꾸 성질부리면 게임이랑 용돈 다 끊을 줄 알아!"

도현은 엄마에게 마구 쏟아내는 것도 어디까지가 선인지 잘 알고 있었다. 그래서 한풀 꺾인 목소리로 툴툴대며 말을 돌렸다.

"나 피곤해. VR하고 나면 기운이 쭉 빠진다고."

"그럼 한숨 자. 도착하면 깨울 테니까."

도현은 시트 각도를 조절하고 눈을 감았다. 그리고 이내 까무룩 잠이 들었다.

"으음……?"

잠에서 깬 도현은 어리둥절했다. 처음 와보는 곳에 누워 있었기 때문이다. 그곳은 벽과 천장, 바닥까지 온통 새하얗고 화장실과 작은 주방이 딸린 원룸이었다. 눈앞에 보이는 장면이 낯설어 도현은 아직 무거운 눈꺼풀을 몇 번 깜빡거렸다.

처음에는 꿈인가 싶었다. 하지만 그게 아니라는 걸 안 순간 놀라서 벌떡 일어나 앉아 사방을 두리번거렸다. 방문 손잡이를 돌려봤지만, 밖에서 잠겼는지 열리지 않았고 문을 두드리며 소리쳐도 아무도 나타나지 않았다. 핸드폰도 가방도 없어졌다. 도현은 덜컥 겁이 났다.

그때 한쪽 벽에 하얀 커튼이 드리워진 커다란 창이 보였다. 도현이 서둘러 커튼을 열었다. 그리고 그 순간 도현의 얼굴이 하얗게 질리고 말았다.

창밖은 끝없는 우주처럼 검은 벽으로 막혀 있었다.

***

도현이 하얀 방에 갇힌 지 일주일이 지났다. 하얀 방의 시간은 천천히 흘렀다. 사방이 막혀 낮인지 밤인지조차 구분할 수 없어 더욱 그랬다.

그래도 일주일이 지났다는 건 알 수 있었다. 벽에 걸린 타이머 때문이었다. 처음 방에서 눈을 떴을 때 타이머에는 '00:00'라는 디지털 숫자가 깜빡이고 있었다. 타이머는 도현이 숫자를 보자마자 1분 단위로 카운트를 시작하더니 조금 전 '168:04'가 되었다. 168시간 4분. 일주일하고도 4분이 지난 것이다.

냉장고에 먹을 것과 물이 있어도 도현은 정말 배고플 때를 제외하고는 먹지 않았다. 사실 먹지 않은 게 아니고 목으로 넘기지 못했다는 표현이 더 맞았다.

처음에 도현은 몇 개 되지 않는 방 안의 기물을 마구 던지고 부쉈다. 어떨 때는 고래고래 소리를 지르다 갑자기 눈물을 펑펑 쏟기도 했다. 하지만 시간이 갈수록 점점 무기력해져 나중에는 꼼짝도 하지 않고 누워만 있었다. 넘치는 시간 동안 생각을 거듭한 도현은 납치당한 게 분명하다고 스스로 결론을 내렸다. 하지만 아무리 생각해봐도 자신을 이곳에 가둔 사람이 누구일지는 짐작조차 가지 않았다.

168:08.

타이머를 바라보며 도현이 힘없이 중얼거렸다.

"언제쯤 여기서 나갈 수 있을까. 누굴까……. 날 여기 가둔 사람은."

도대체 왜 날 여기 가둔 걸까, 얼마나 가두려는 걸까, 엄마 아빠는 나를 얼마나 찾고 있을까, 지금까지 아무도 날 찾지 못했으면 범인은 보통 사람이 아니겠지, 아니면 내 몸값으로 너무 큰돈을 요구해 시간이 걸리는 걸까? 이 건물은 어디에 있길래 사람 목소리나 자동차 소리가 전혀 들리지 않는 걸까?

일주일 내내 머릿속에서 뱅뱅 돌던 생각의 꼬리잡기가 다시 시작되었다. 누구와도 대화할 수 없고 무슨 일이 일어날지 알 수 없다는 게 이렇게 괴로운 일인지 미처 몰랐다.

타이머가 '168:10'으로 바뀐 순간, 도현은 놀라서 헉 하고 숨을 몰아쉬었다. 검은 창이 돌연 스크린으로 바뀌더니 낯익은 여자의 얼굴이 나타난 것이다.

"선생님……."

스크린을 가득 채운 얼굴을 보고 도현은 안심해야 할지 놀라야 할지 판단이 서질 않았다. 학교폭력 상담센터 의사. 화면 속 여자는 바로 심지원이었다.

"도현아, 안녕? 잘 지냈니?"

도현은 뭐라고 답을 해야 할지 몰랐다.

"선생님, 이게 어떻게 된 거예요? 진짜 뭐가 뭔지 하나도 모르겠어요. 참! 우리 엄마한테 연락 좀 해주실래요? 엄마 아빠가 저를 엄청 찾고 있을 거예요."

"아니. 너희 부모님은 너를 찾지 않으시던데?"

"네?"

놀란 도현을 보고 지원이 빙긋 웃으며 말했다.

"도현아, 내가 퀴즈 하나 내볼까?"

"퀴, 퀴즈요? 지금이요?"

"어느 날 어떤 사람이 낯선 곳에서 눈을 떴어. 누가 그런 건지, 왜 납치되었는지도 모른 채 일주일간 갇혀 있었지. 자, 이 사람은 앞으로 어떻게 될까?"

"모, 모르겠어요."

"그럼 정답은 잠시 후에 알려 줄게. 그나저나 여기 있는 동안 반성은 좀 했니?"

"반성이라뇨?"

"그래, 그럴 줄 알았어. 너는 원래 죄책감이란 게 없는 애잖아."

머리부터 발끝까지 천천히 도현의 몸에 소름이 돋았

다. 이제 도현은 지원이 두려워지기 시작했다.

"선생님. 저한테 왜 이러세요. 집에 가고 싶어요. 저 좀 여기서 내보내주세요. 네?"

도현이 울먹이며 말했다. 그런 도현을 보고 지원이 또다시 미소를 지었다.

"그렇게는 못 하겠는데?"

"네?"

"상모가 내 아들이니까."

도현이 지원의 말을 받아들이기에는 잠시 시간이 필요했다. 이게 무슨 소리야? 상모라면, 구상모? 장난 좀 친 걸로 창문에서 뛰어내린 그 자식? 상모가 지원의 아들이라니, 그럴 리가 없다.

"무, 무슨 말씀을 하시는 거예요. 저 상모 엄마 본 적 있어요. 병문안 갔다가 상모 아빠랑 동생도 봤다고요."

"구구절절한 사연을 너에게 다 얘기할 수는 없고. 우리는 상모가 5학년이 되고 나서 다시 만나기 시작했어. 그래, 맞아. 내가 상모에게 큰 죄를 지었어."

도현의 목덜미가 뻣뻣하게 굳었다. 지원의 말을 듣고 생각해보니 병원에서 만난 상모 엄마는 지나치게 침착했다.

"상모의 사고 후에 나는 사람이 얼마만큼 괴로울 수

있는지 알게 되었어. 고통의 밑바닥을 보았지. 그리고 알고 싶었다. 도대체 상모가 왜 그런 선택을 했는지 말이야. 바로 너 때문이더구나."

"아, 아니에요. 전 상모를 괴롭히지 않았어요. 제가 상모를 민 것도 아니잖아요! 아니, 오히려 외톨이인 상모를 제가 끼워줬다고요."

지원이 웃음기가 사라진 차가운 눈으로 도현을 노려보았다.

"나는 병원에 입원한 상모의 뇌에서 지난 몇 달 동안의 기억을 다운로드했어. 그리고 며칠 동안 잠도 안 자고 봤지. 네가 상모에게 했던 그 끔찍한 짓을. 너는 남들이 볼 때 괴롭히는 바보 같은 짓은 하지 않았어. 대신 지능적으로 괴롭히다가 이따금 친근한 말과 행동으로 상모를 무력화시키더라. 마치 자기 힘으로 끊어낼 수 있는데도 어릴 때부터 길든 쇠사슬을 끊지 못하는 코끼리처럼."

도현은 이제 흐느껴 울기 시작했다. 지원이 숨을 한 번 크게 쉬고 나서 계속 말을 이었다.

"처음엔 나도 이럴 생각은 없었어. 나도 상모에게 죄인이니까. 또 너도 나처럼 괴로울 거라 생각했으니까. 그래서 네 VR 심리치료를 자원했어. 너를 치료해서 다시는 이런 일이 생기지 않도록 하고 싶었어. 그런데……. 70%? 80%? 수치 따위는 중요하지 않아. 내가 모를 줄 알았니? 너는 눈곱만큼도 상모에게 죄책감을 느끼지 않더구나."

눈물 콧물이 범벅된 얼굴로 도현이 울부짖었다.

"아니에요. 그런 거 아니에요, 선생님. 제가 잘못했어요. 제발 보내주세요. 제발요!"

"너도 알 거야. 상모는 네 진심 어린 사과, 단지 그것만을 원했을 뿐이란 걸. 하지만 넌 오히려 조롱했지. 상모가 감당할 수 있는 임계점을 넘게 만들었어. 네가 장난이라 말한 모든 행동이 상모를 민 거야! 그런 널 단지 어리다는 이유로 봐줘야 할까?"

"잘못했어요. 상모한테 사과할게요. 여기서 나가면 바로 상모에게 달려가서 사과할게요. 상모야, 미안해! 정말 미안해!"

"인제 와서 그런다고 다 무슨 소용이지?"

도현에게 커다란 불길함이 엄습했다. 자신이 아무리 빌어도 지원은 마음을 바꾸지 않을 터였다. 도현은 이제 악에 받쳐 소리를 지르기 시작했다.

"미성년자를 납치해서 이런 짓을 하고도 네가 무사할 것 같아? 내가 여기서 나가면 넌 평생 감옥에서 썩게 될 거야!"

하지만 지원은 아무 상관 없다는 듯 담담하게 대답했다.

"그럴 일 없어."

"뭐?"

"그럴 일 없다고. 왜냐하면 너는 진짜 김도현이 아니거든."

"그게 무슨 소리야?"

"김도현이 VR 치료를 받을 때마다 나는 난 그 애의 뇌를 복제했어. 나노로봇 수십억 개를 김도현의 뇌 모세혈관 속에 투입해서 신경 활동을 스캔해 복제 뇌를 만들었지. 뇌를 복사해 데이터화한 거야. 너는 지금 내 연구실 한구석 코쿤 속에 들어 있는 김도현의 복제 뇌야. 몸만 없을 뿐 김도현의 기억과 인격 그대로 작은 컴퓨터에 저장된 데이터. 알겠니? 너는 김도현이 아니지만, 김도현이야."

도현은 온몸에 소름이 돋았다. 아니, 돋는다고 느낀 것 뿐일까.

"말도 안 돼……."

"내가 김도현의 뇌를 복제했다는 건 아무도 몰라. 너는 가상세계에 홀로 존재할 뿐이지. 그러니까 내가 너를 여기 가둔들…… 나에게 무슨 일이 일어나겠니?"

도현이 두 손으로 머리를 감싸며 절망에 찬 목소리로 중얼거렸다.

"아니야, 거짓말이야. 이렇게 생생한데……. 그럴 리가 없어."

"그래. 받아들이기 힘들겠지. 그럼 생각해봐. 너의 가장 오래된 기억이 뭐지?"

"그, 그건……."

"너에게 어린 시절의 기억이 있어? 초등학교, 중학교 입학식이라든가 적어도 몇 달 전의 기억이 있느냐고 묻는 거야."

도현이 과거를 기억하려 몸부림을 쳤다. 머리가 깨질 듯 아팠다. 하지만 지원의 말대로 도현이 기억하는 것은 VR 치료와 하얀 방에서 보낸 끔찍했던 일주일뿐이었다. 다른 기억은 하나도 없었다.

"너와 달리 진짜 김도현은 언제나처럼 아주 잘 지내고 있더구나. 어제는 친구들과 떠들썩하게 생일파티도 하던데?"

충격에 빠진 도현은 완전히 넋이 나간 표정으로 비틀거리다 그 자리에 주저앉았다. 지금 악몽을 꾸는 것일까, 영원히 깨어날 수 없는 꿈이라면 어쩌지? 그런데 이것이 꿈이 아니라면, 지원의 말이 사실이라면 도대체 나는 누구일까 생각하면서.

그런 도현을 바라보는 지원의 눈에서 참았던 만큼 뜨거워진 눈물이 천천히 흘러내렸다.

"상모는 언제 깨어날지 몰라. 깨어나도 몸과 마음에 후유증이 남게 될 거야. 그런데 가해자인 너는 호사스러운 케어를 누리더구나. 그리고 4차 치료가 끝난 후에는 결국 아무런 처벌도 받지 않겠지. 내가 가장 견디기 힘들었던 게 뭔지 알아? 바로 이런 말도 안 되는 법을 지켜봐야만 하는 거였어. 왜 피해자인 상모는 고통 받고 가해자인 넌 보호 받는 거지? 그래서 나는 결심했어. 말랑하고 불공정한 법을 대신해서 내가 직접 너를 벌주기로."

지원이 잠시 침묵했다. 그러고 나서 담담하고도 서늘하게 마지막 말을 이었다.

"모르페우스를 기억하니? 인간이 아닌데 인간으로 변신하는 모습이 꼭 너 같다고 생각했어. 이제 퀴즈의 답을 알려줄게. 며칠 후에 있을 마지막 VR 치료에서 나는 너, 김도현의 복제 뇌를 진짜 김도현의 뇌에 입력할 거야. 모르페우스가 상아로 만든 문을 통과하는 것처럼. 그럼 진짜 김도현은 네가 겪은 하얀 방의 일주일을 잊지 못하고 오랫동안 악몽과 트라우마에 시달리게 되겠지. 이렇게밖에 못 하는 참담한 심정의 어미를 맘껏 욕하고 저주해도 좋아. 때가 되면 나도 달게 벌을 받을 테니. 그럼 그때까지…… 잘 지내. 김도현."

지원이 버튼을 누르자 스크린은 다시 검은 창으로 바뀌었다.

"안 돼!"

도현이 절망에 빠져 비명을 질렀다. 처절한 비명이 작은 코쿤 안에 울려 퍼졌다.

하지만 이 세상 누구도 가련한 도현의 데이터가 울부짖는 소리를 들을 수 없었다.

작가의 말

저는 교사입니다. 그리고 오랜 세월 주부로 지내며 제 손으로 두 아이를 키운 엄마이기도 합니다. 그렇게 아이들과 함께해온 시간 속에서 알게 되었습니다. 한 아이를 키우는 데에는 정말로 온 마을이 필요하더라는 것을요.

어느 날, 한 아이가 학교폭력으로 인해 깊은 상처를 입은 안타까운 사건을 마주한 적이 있습니다. 그때 폭력을 저지르고도 당당한 가해자와 폭력을 당하고도 자책하는 피해자를 보고 생각했습니다. 왜 이런 일이 일어난 것일까? 좀 더 일찍 막을 수는 없었을까? 상처받은 아이의 아픔을 흔적 없이 지울 수는 없을까?

「모르페우스의 문」은 그 생각을 키우고 키운 결과입니다.

글을 쓰는 동안 몇 번이나 키보드 치기를 멈춘 단락이 있습니다. 주인공이 5시 40분을 기다리면서 자신이 전하려는 말을 곱씹는 장면을 쓸 때였습니다. 고립된 주인공이 홀로 견뎌내야 했을 그 아픔이 고스란히 느껴져 멍하니 모니터만 바라봤던 기억이 납니다. 할 수만 있다면 그 아이를 오롯이 안아주고 싶었습니다.

학교폭력이 지나간 자리에 남은 아이들, 그들이 원하는

것은 진심 어린 사과 하나뿐일 것입니다. 저의 글이 그 아이들에게 조금이나마 위안이 되길 감히 바랍니다.

이달의 장르소설

심청전

박향래

2018년 계간 미스터리에 단편 「마지막 통화」로 등단하며 한국추리작가협회 신인상을 수상하였다. 발표작으로 단편 「마지막 통화」, 「꽃밭에 죽다」, 「다섯 살」, 장편 『소년 검돌이, 조선을 깨우다』가 있다. 두 아이의 엄마와 약사로 틈틈이 좋아하는 추리소설을 쓰며 꿈을 꾸고 있다.

1. 1853년 심청

배가 인당수에 다다르자 거짓말처럼 하늘이 어두워졌다. 먹구름이 낮게 깔리고 심상찮은 바람이 불면서 커다란 배가 오르락내리락했다. 돛의 꼭대기에서 드리운 오방색의 무명천이 바람을 정면으로 맞아 팽팽하게 부풀어 올랐다. 검은 하늘이 번쩍, 하고 갈라졌다가 다시 합쳐졌다. 뱃사람들은 휘청휘청 균형을 잡으며 뱃머리에 음식을 날랐다. 떡과 포와 과일과 나물과 탕과 밥이 고봉으로 얹히고 사방에 놓은 술 항아리에 술이 넘칠 듯 말 듯 철렁철렁했다. 대가리에 삼지창을 박은 통돼지가 맨 앞에 놓이자 도사공이 북채를 집어 들었다.

둥, 둥, 둥, 둥.

북소리를 기다렸다는 듯 비가 거세게 내리기 시작했다.

갑판 아래에서 심청이 올라왔다. 제 발로 똑바로 서서 걸어오지는 못하고 양옆에서 팔을 붙든 뱃사람 둘에게 거의 매달려 온다. 시집가듯 곱게 차려입은 붉은 치마가 바람에 날리다가 다리에 감기다가 하면서 비에 젖어들어갔다. 잘 빗은 머리에 얹은 족두리가 흘러내린다. 며칠 내내 멀미를 하느라 거푸 토하고, 비린내, 바닷내에 제대로 먹지도 못한 심청의 얼굴은 창백하다 못해 시퍼렇다.

뱃사람들이 뱃머리 끝에 심청을 세웠다. 앞에는 축축하고 희끄무레한 해무, 밑에는 깊고 시커먼 바다. 잡아먹을 듯한 파도가 솟아오르다가 뱃머리에 부딪혀 으르렁거리며 부서졌다. 심청은 두 다리가 후들거려 자리에 주저앉았다. 여전히 심청의 팔을 붙들고 있던 뱃사람이 따라서 쭈그리고 앉으며 심청을 받쳤다.

둥, 둥, 둥, 둥.

붉은색과 파란색으로 무당처럼 차려입은 도사공이 다시 북을 쳤다.

"동해 아명신, 남해 축융신, 서해 거승신, 북해 우강신! 남경 선주 정성입네다. 용왕님들, 운수대통 발원이요, 모진 액운 다 젖혀주시고 다 걷어갑소사. 어헤야, 어하!"

둥, 둥, 둥, 둥.

도사공은 북을 치고 춤을 추듯 북채를 휘둘렀다. 번쩍, 번쩍, 번개가 긋고 천둥이 요란하다. 바람은 회오리처럼 휘몰아치고 빗줄기는 더욱 거세졌다. 심청을 잡아주던 뱃사람이 심청의 귓가에 뭐라 뭐라 속삭인 후 심청을 일으켜 세워 돛대에 기대게 했다. 심청은 후들후들한 다리로 겨우 휘청휘청 딛고 서서 돛대를 끌어안았다. 젖은 귀밑머리가 볼에 달라붙고 턱밑으로 물이 뚝

뚝 떨어졌다.

"동해 아명신, 남해 축융신, 서해 거승신, 북해 우강신! 정성껏 마련한 제물을 받으시고 운수대통 만선하게 하옵소사!"

옆에서 붙든 뱃사람이 다시 한번 심청의 귀에 속삭였다. 심청은 용기를 내어 아래를 내려다보았다가 소스라쳤다. 눈을 질끈 감고 한 발을 내밀었다가 다시 움츠렸다. 심청의 몸이 오그라들었다.

뱃사람이 심청의 등에 손을 얹었다. 심청은 손을 뿌리치고 숨을 들이쉬었다. 한 발 내밀었다가 치마를 걷어 올려 얼굴을 덮었다.

다시 한 발을 내미니 허공이었다. 심청은 꽃잎처럼 아래로 날렸다.

"용왕님, 우리 아버지 꼭 눈 뜨게 해줍소."

거친 물결 사이로 빨간 치마가 봉긋하게 부풀어 올라 잠시 둥둥 떠 있다가 다음 파도와 함께 아래로 가라앉았다.

2. 2021년 심청

"계약 잘하시는 겁니다. 식당은 뭐니 뭐니 해도 목이

좋아야죠. 조금 무리가 돼도 좋은 자리에서 장사해야 손님도 들고 하지, 월세 싸다고 사람도 안 다니는 데다가 해봐야 나중에 권리금도 못 건져요. 원래 싼 게 비지떡이라고, 월세 비싼 가게는 다 제값을 합니다. 게다가 사장님께서 사정 봐주셔서 보증금도 이렇게 싸게 받으시니."

도장을 찍는 심청의 용기를 북돋기라도 하듯 공인중개사가 싹싹하게 분위기를 띄웠다. 공인중개사의 말이 아니더라도 심청의 마음은 기대감으로 두근두근했다. 두 살 난 진석이를 데리고 이혼해서 그 모진 고생을 다 이겨내고, 팔 년 만에 드디어 내 가게를 갖는 것이다.

떨리는 손으로 도장을 찍고 그 자리에서 보증금과 첫 달 월세를 상가 주인에게 이체해주었다. 마트 계산원부터 가사도우미, 음식점 주방 보조, 건물 청소까지 안 해본 일 없이 고생해서 모은 돈에, 저축은행에서 빌린 돈, 대부업체에서 빌린 돈, 반지하로 옮겨가면서 뺀 전세금, 인터넷에 올리겠다고 위협해서 전 남편에게 받아낸 밀린 양육비의 일부. 그야말로 영혼까지 끌어모아 마련한 돈이었다.

갚아야 할 돈이 절반을 훨씬 넘었지만, 심청은 내심 자신 있었다. 이혼한 전 남편도 심청의 음식 솜씨에는 불만이 없었다. 모르긴 해도 밥상 앞에 앉을 때만은 심청과 이혼한 게 후회될 것이다. 그래, 지금은 작은 칼국숫집이지만, 열심히 해서 점점 메뉴도 늘리고 가게도 늘리고. 돈 많이 벌어서 저기 교외에 주차장이 넓은 고깃집을 하고 싶다. 직원이 양손으로 다 꼽지 못할 만큼 많은, 주차 직원도 따로 둬야 할 만큼 큰 고깃집. 그러면 우리 진석이하고 둘이서 남부럽지 않게 살 수 있을 텐데. 원한다면 유학도 보내주고, 결혼할 때 집도 한 채 사주고.

가게 인테리어를 하고, 집기와 그릇을 사 모으고, 간판을 주문하면서 심청은 날마다 꿈을 꾸었다. 개점하고 일주일 만에 코로나가 터지기 전까지는.

사람들이 밖에 나와 마스크 벗고 밥을 먹으러 들지를 않았다. 오픈발이라는 것도 딱 사흘뿐이었다. 배달이나 포장 장사를 해야 한다고들 했지만, 심청은 칼국수를 어떻게 포장해야 할지 알 수가 없었다. 칼국수 그대로 보내면 퉁퉁 불어 죽이 됐다고, 면만 따로 삶아 보내면 면이 달라붙어 떡이 됐다고, 생면을 보내면 삶아 먹기 귀찮다고 낮은 별점이 찍혔다. 칼국수는 서민 음식이라고 값도 올려받지 못하는데, 배달 수수료를 내고 나면 팔수록 손해만 났다.

두어 달 버티면 코로나도 끝나리라 생각했지만, 시간이 갈수록 몇 명 이상 모임 금지, 몇 시 이후 영업 금지, 되려 점점 거리두기가 강화되었다. 이것이 이 년도 넘게 지속될지를 미리 알았더라면 처음에 그나마 손해가 적을 때 장사를 접었을 것이다. 그런데 이 주만 참으면, 이 주만 참으면, 지금 그만두면 손해가 얼만데, 하는 심정으로 하루하루를 버텨버렸다. 나중에는 폐업할 돈이 없어 폐업을 못 할 지경이었다. 보증금이 바닥나고 사채에 손을 대기까지는 일 년이 채 걸리지 않았다.

어느 저녁, 집에 돌아왔더니 지하 단칸방 한가운데 우락부락한 사채업자가 웃통을 벗고 드러누워 맥주를 마시고 있었다. 구겨진 옷이 겹겹이 걸린 행거 밑 구석에 진석이가 무릎을 끌어안고 앉아 울지도 못하고 있었다. 그래서 심청은 사채업자가 소개하는 사람을 만나지 않을 수 없었다.

"그러니까, 왼쪽 신장 하나? 왜, 안구도 하나 하면 훨씬 많이 받을 수 있는데. 원래 눈알이 신장보다 훨씬 비싸게 쳐줘요. 어때?"

"아니, 아니에요. 신장만. 신장 하나만이에요."

"흐웅, 그래, 뭐. 원래 처음에는 신장 하나만 한다고 그러다가 간도 팔고, 눈알도 팔고 뭐 그러는 거지. 두 번 세 번 수술할 바에야 한 번에 하는 게 아줌마한테도 좋은데. 암튼, 파는 사람 맘이지, 뭐. 그럼, 검사부터 하고……."

며칠 뒤, 심청은 낡은 창고, 스테인리스 수술대 위에 마취된 채 누워 있었다. 의사인지 뭔지, 흰 가운을 입은 남자가 심청의 왼쪽 옆구리에서 적출한 신장을 간호사 격인 남자에게 조심스럽게 건넸다.

"자, 이제 봉합."

가운을 입은 남자가 대충 봉합을 한 후 구석에 팔짱을 끼고 선 남자를 쳐다봤다. 구석의 남자가 고개를 끄덕였다.

"뇌사로 처리하고 마저 꺼내. 쓸 만한 거 다."

가운을 입은 남자가 다시 메스를 집어 들었다. 심청의 반대쪽 옆구리에 날 끝을 가져다 댔다.

모니터의 바이탈 사인이 크게 흔들렸다. 가운을 입은 남자는 콧노래를 흥얼거리며 심청의 몸속을 헤집어 쓸 만한 거 다, 하나하나 남김없이 끄집어냈다. 심청의 바이탈 사인이 평평한 직선을 그릴 때까지.

3. 2055년 심청

심청이 '모성의 집'에 들어온 것은 스물네 살 때였다. 자가 골수 이식용 클론으로 태어난 심청은 열아홉이 되자 살고 있던 보육원에서 가차 없이 쫓겨났다.

자신의 클론으로부터 골수를 이식받기 위해 심청을 주문한 사람은 115세의 여성이었다. 그러나 심청에게 두 번이나 골수를 이식받고도 보람도 없이 죽어버렸다. 법적으로 의료용 클론을 주문한 사람과 그 보호자는 클론이 성인이 될 때까지 부양할 의무가 있다. 하지만 주문한 여자가 일찍 죽어버린 데다 그 여자의 가족은 자신들이 심청을 만드는 데 동의하지 않았다며—실제로도 그들은 동의하지 않았었다—심청에 대해 일체 책임을 지지 않으려 했다.

심청은 여자가 죽자 두 살 때 보육원으로 보내졌다. 여자는 살아있을 때도 내내 아팠으므로 심청을 제대로 돌보지 않았었고, 그래서 심청이 보육원으로 보내진 것은 차라리 잘된 일이라고 할 수 있었다. 게다가 보육원에는 심청과 비슷한 처지의 아이들이 많았다. 심청은 보육원 사람들을 가족이라고 여기며 살았다.

보육원을 나올 때 심청에게는 그동안 모아둔 기본 소

득과 보육원 퇴소자들에게 나라에서 주는 약간의 돈이 있을 뿐이었다. 저소득 청년에게 우선 지원하는 원룸에 터를 잡고 심청은 일자리를 알아보았다. 아주 좋은 일자리는 부모를 잘 만난 고학력자들이, 좋은 일자리는 고사양 휴머노이드들이 차지하고 있었다. 심청이 할 수 있는 일은 휴머노이드보다 임금이 싼 단순 노동이거나 아니면…….

심청은 보육원을 나올 때, 진로와 앞으로의 생활에 대해 간단한 교육을 받았다. 대부분 화면으로 뻔한 내용의 일방적인 강의를 듣는 것이었지만, 마지막 날에는 화상으로 강사가 실시간 강의를 해주었다. 강사가 하는 이야기는 온통 겁주는 이야기뿐이었다.

"그러니까, 여러분이, 아직 어리고 사회 경험이 없잖아요? 그래서 여러분의 지원금이나 기본 소득 이런 걸 노리고 접근하는 사람들이 많다는 말입니다. 뭔가 너무 조건이 좋다거나 쉽게 큰돈을 벌 수 있다거나 하는 것은 다 사기라고 보면 돼요. 여러분은 기본 교육밖에 못 받았잖아요? 그런데 많은 돈을 주겠다는 건 이상하지요? 그런 건 여러분에게 사기를 쳐서 돈을 뜯어내겠다는 것밖에 안 되는 거예요. 여러분 선배 중에도 달콤한 말에 속아서, 응? 허황한 말 몇 마디에 순진하게 속아서 전 재산 다 날리고 노숙자, 신용불량자 돼서 어떡하냐고 찾아오는 사람 많아요. 그렇게 되면 안 되잖아요? 그러니까 사회에 나가면 항상, 제일 먼저 사람을 조심하고……."

그래서 심청은 안전하고 소심하게 돈 안 되고 힘든 직장을 전전했다. 청소, 식당 주방 보조, 다양한 잡일. 휴머노이드가 하기에는 너무 싸구려 노동이라서 휴머노이드씩이나 투자할 필요가 없고 그냥 값싼 사람이 하면 되는 일자리들이었다.

일 년이 채 되지 않아 심청에게 남은 것은 밤낮이 바뀐 생활에서 오는 만성피로와 여기저기 쑤시는 팔다리뿐이었다. 그러다 물 묻은 주방 바닥에서 미끄러져 오른쪽 손목뼈가 부러졌고, 강제로 일을 쉬게 되었다. 겁이 났다. 평생 이렇게 살 수는 없겠다고 생각했다.

심청은 정보지를 뒤적여 몇 군데 동그라미를 쳤다. 그동안 동그라미 쳐온, 기본 소득만큼의 임금도 안 되는 일자리는 제쳐두고, 애써 눈길을 주지 않았던 광고에 동그라미를 쳤다.

"용모 단정한 10대, 20대 여성. 판매 서비스직. 일급 OOO 이상. 상담 후 결정 가능. 부담 없이 연락 주세요."

대충 어떤 일인지는 심청도 눈치가 있었다. 바로 옆

원룸에도 아마도 이런 일을 하는 것으로 추측되는 여자가 살고 있었다. 심청이 오후 늦게 아르바이트에서 돌아올 때 여자는 화사하게 차려입고 또각또각 걸어 나갔고, 심청이 가끔 새벽 아르바이트를 나갈 때 여자는 비틀비틀 걸어 들어왔다.

이제 심청은 그 일이 그렇게 나쁘다고 생각되지는 않았다. 더 많은 시간을 들이고 더 많은 고생을 하면서 더 값싼 푼돈을 버는 일이 훨씬 더 나쁘다고 생각됐다.

'부담 없이 연락 주세요'라는 말에 기대 심청은 결심했다. 행여 심청의 전화번호가 기록에 남아 자꾸 연락해 올까 봐 일부러 근처 카페에 나가 카페 전화로 걸었다.

"저어, 광고지 보고 연락드렸는데요."

"네에. 일하시게요? 몇 살이세요?"

전화 속 상대방은 친절한 목소리의 나이 든 여성이었다. 무섭지 않은, 나긋나긋한 목소리에 심청은 약간 마음이 놓였다.

"열아홉, 아니 스물이요. 저기, 무슨 일을 하는 건지……."

"네에, 뭐, 어려운 일은 아니에요. 외로운 사람들 상대로 이야기도 들어주고, 술도 한잔 같이 마셔주고, 기분 나면 노래도 같이 부르고, 뭐 그런 거예요. 일단 한번 와서 어떤 곳인지 보고 얘기해요."

"아, 아니 그냥 전화로 우선 좀……."

"으응. 그야 전화로 얘기해도 되는데, 우리, 어, 이름이 어떻게 돼요?"

"저……, 심청……희요."

"어머, 이름 예쁘네. 얼굴도 예쁠 것 같애. 우리 청희 씨가 일을 하든 안 하든 일단 어떤 곳인지는 청희 씨도 봐야 하잖아요? 우리도 청희 씨 얼굴은 봐야 하구. 와서 보고 맘에 안 들면 안 하면 돼요. 우린 싫다는 사람 억지로 일 시키고 그런 데 아니에요. 억지로 시켜봤자 얼마 못 가서 그만두니까, 그럼 우리도 손해거든. 그러니까 하나도 걱정할 것 없고. 일단 여기가 어디냐면……."

여자는 심청의 원룸에서 몇 정거장 떨어진 유흥가의 한 건물 이름을 댔다. 심청은 주소와 상호를 받아적고 서둘러 전화를 끊었다. 볼이 화끈화끈했다. 또 다른 곳에 더 전화해볼 생각은 하지도 못했다.

일주일이 지나자 어떤 일이든지 시작해야 할 것 같았다. 이번 달은 일을 못 해서 수입이 없었고, 기본 소득으로는 월세와 식비를 내기도 빠듯했으며, 병원비와 약값으로 얼마 안 되는 저축도 찾아 써버렸다.

'싫으면 안 해도 된다고 했으니까.'

심청은 용기를 내서 전화했던 곳에 찾아갔다. 지하 계단을 내려가는데 다리가 후들후들 떨렸다.

"어머, 참 예쁘게 생겼네!"

전화 통화를 했던 마담은 심청을 보자 호들갑을 떨며 끌어당겼다.

"그러엄. 싫으면 2차는 안 나가도 돼. 여기 2차는 안 나가고 술자리만 같이하는 아가씨들 많아. 수입은 좀 줄어도 그게 좋으면 그렇게 하면 되지, 뭐가 문제야? 돈 더 벌려고 2차 나가는 아가씨도 또 많으니까, 청희가 안 해도 상관없어. 그럼 청희는 2차는 안 나가는 걸로? 내가 여기다 딱 기록해놨다가 2차 안 하는 손님 방에만 청희를 넣어줄 거야. 그런 거 관리하려고 내가 있는 거 아니겠어?"

마담은 핸드폰 화면에 뭔가를 입력하면서 심청을 보고 사람 좋게 웃었다. 심청은 마음이 놓였다. 이런 거였구나. 내가 안 하고 싶으면 안 할 수도 있는 거였어. 그럼 그렇지, 아무렴 요즘 세상에 내가 싫다는데 억지로 시키기야 하겠어? 심청은 고개를 끄덕였다.

"그럼, 일은 언제부터? 우리야, 뭐, 언제든 상관없지. 청희가 원하는 대로. 근데, 이런 일 처음이지? 옷도 좀 사야 하고, 구두랑 액세서리도. 화장품도 별로 없지? 머리도 새로 해야겠고. 옷에 맞게 속옷도 새로 갖춰야지? 우리 가게는 워낙 아가씨가 많아서, 가게에서 쓸 것들 파는 업자들이랑 다 계약이 돼 있거든. 청희가 일일이 사러 돌아다니면 힘들잖아, 비싸고. 어디서 뭘 사야 하는지도 잘 모를 거고. 그러니까 우리가 대행해서 적당한 걸로, 값싸게 구해주는 거야. 응? 돈이야 청희가 내는 거지. 청희가 갖는 거잖아."

심청은 망설였다. 근 한 달을 일을 안 해서 수중에 현금이 거의 없었다. 그렇다고 월세 보증금을 뺄 수도 없고.

"……조금 생각해보고 다시 올게요. 돈도 좀 마련해야 하고."

"돈이 좀 모자라면 우리가 싼 이자로 빌려주기도 해. 일하면서 조금씩 갚으면 되는 거고. 참, 내가 가게에 있는 옷 빌려줄 테니까 경험 삼아 오늘 한번 일해볼래? 마침 저녁에 점잖은 사장님들이 예약한 건이 있는데. 나이스한 분들이라 청희는 부담 없이 술만 좀 따라드리면 돼. 청희는 오늘 처음이니까 내가 같이 들어가는 아가씨한테 잘 도와주라고 말해놓을게. 어때?"

당장 오늘? 심청은 덜컥 겁이 났다.

"아, 아니에요. 오늘은 좀……. 다음에 다시 올게요."

심청은 급히 자리에서 일어났다.

"어머, 내가 너무 부담 줬나? 근데 정말 괜찮은 자린데. 우리 단골손님들이라 내가 잘 알아. 매너 정말 나이스한 분들이야. 무리한 요구도 없고. 무슨 일 있을 때 테이블 밑에 있는 비상벨 누르면 우리 가드로봇들이 가서 해결해줘. 그리고 무엇보다 진짜 팁도 많이 주신다니까. 진짜 술 몇 잔 따라주고 공돈 버는 건데……. 뭐, 청희가 싫으면 할 수 없지. 그런 자리는 서로 하겠다는 아가씨가 줄을 섰어. 청희가 오늘 첫날이라 내가 특별히 소개시켜주는 거지."

팁. 많이. 심청은 바로 나가지 못하고 주저했다. 아까 날아온 카드값 문자가 생각났다.

"첫 근무로는 제일 좋은 자리니까 내가 권하는 거야. 한번 해보고 싫으면 그만둬. 밑져도 돈 버는 건데?"

심청은 엉거주춤 도로 주저앉았다.

"……해보고 싫으면 정말 그만둬도 되는 거죠?"

"아이, 말이라구, 그렇다니까."

마담은 호호호, 웃었다.

돌아오는 길에는 택시를 탔다. 새벽 다섯 시였다. 술기운이 올라와서 심청은 좌석에 깊숙이 기댔다. 배실배실 웃음이 난다. 뭐야, 별거 아니었어. 근데 돈은 이렇게나 많이. 그동안 온몸에 덕지덕지 파스를 붙여가며 푼돈을 벌었던 것이 억울했다.

마담의 말대로 사장님들은 나이스했다. 심청이 벌벌 떨며 마담 뒤에 바짝 숨어 붉은 머리를 한 아가씨와 함께 룸에 들어갔을 때, 잘 차려입은 중년 남자 둘이 낮은 목소리로 사업 얘기를 하고 있었다.

"이쪽은 예지, 이쪽은 청희예요. 청희는 오늘 처음이니까 특별히 잘 부탁드려요. 그럼 재미있게 노세요. 이따 서비스 안주 넣어드릴게요."

처음이라는 말에 남자들은 심청을 한번 흘낏 쳐다봤을 뿐, 심청이 자리에 앉은 후에도 자기들끼리 진지하게 일 이야기만 나눴다. 심청은 조금 뻣뻣하게 있다가 예지의 눈짓을 받고 옆자리 남자의 술잔을 채웠다. 예지가 하는 대로 간간이 안주를 집어주고 술잔을 채워주고 하면서 심청은 조금씩 긴장이 풀렸다. 마침내 남자들이 뭔가 합의에 이르렀는지 큰 소리로 하하하 웃으며 술잔을 부딪쳤다.

"언니는 이름이 뭐라고?"

그제야 심청의 옆자리 남자가 웃는 얼굴로 심청을 돌아봤다.

"심청……희예요."

"심청, 심청이, 아, 그 인당수에 빠져 죽은 심청이? 하하하."

심청은 뜨끔했으나 미소를 지어 보였다.

"야, 그러고 보니 우리 심청이 언니 엄청 청순한 게 진짜 효녀같이 생겼네. 자, 한잔 받아."

남자는 심청에게 술을 따라준 후 다른 남자와 왁자하게 떠들며 웃었다. 심청은 술은 반 잔쯤 마시고 남자의 눈치를 보며 내려놓았다. 다 마시지 않았다고 뭐라 할까 조마조마했는데 남자는 아무 말도 하지 않았다. 안주를 좀 더 찍어 먹여주고, 남자가 마이크를 찾길래 마이크를 건네고, 노래 번호를 눌러주고, 같이 노래를 부르고, 앞에 나가 같이 장단을 맞춰 춤을 춰주고, 허리에 팔을 감고 블루스를 춰주고, 그게 다였다. 가끔 남자의 술 냄새나는 숨이 뺨에 와닿았으나 일이라 생각하니 별로 불쾌할 것도 없었다.

남자들은 두어 시간 노래를 부르고 술을 마시며 놀다가 어마어마한 팁을 쥐여주고 나갔다. 예지가 돈을 세다가, 심청을 보고 웃었다.

"진짜 처음이야? 잘하는데? 소질 있네."

생각보다 훨씬 많은 돈에 심청은 고무됐다. 마담이 웃

으면서 심청의 어깨를 두드렸다.

"어때, 할 만하지? 이 일 우습게 볼 거 아니야. 사람이 아니면 못 하는 일이라니까. 제아무리 고급형 휴머노이드래도 사람하고 같아? 아니, 사람하고 느낌이 똑같다고 해도 사람이랑 하는 거랑 로봇이랑 하는 건 급이 다르지. 저 사장님들이 왜 일부러 비싼 돈 내고 여기까지 오겠어, 싸구려 로봇에도 얼마든지 오입질할 수 있는데. 다 인간 서비스를 받고 싶으니까, 로봇은 아무리 인간 같아도 인간이 아니니까, 진짜 인간한테서 서비스 받고 싶어서 그런 거 아니겠어? 자부심을 가져."

마담은 제법 그럴듯하게 직업 철학을 펼치고 덧붙였다.

"원래는 팁에서 수수료 좀 떼야 하는데, 오늘은 첫날이니까 청희는 특별히 봐줄게. 참, 괜찮으면 한 탕 더 뛸래?"

이런 정도라면 얼마든지. 심청은 자신 있게 고개를 끄덕였다. 두 번째 룸에 있던 남자들은 좀 더 지저분하게 추근거리긴 했다. 팁도 얼마 안 됐다. 하지만 젊고 잘생긴 남자들이라 어느 정도 용서가 됐다.

심청은 집으로 돌아오기 전에 마담과 계약을 하고 돈을 빌려 옷가지를 주문했다. 선이자와 이자율이 높았지만, 오늘 같은 수입이라면 문제없다. 돌아오는 택시 안에서 심청은 하루에 얼마씩 벌고, 얼마씩 쓰고, 이걸 사고, 저걸 사고, 아직 추첨하지 않은 복권을 두고 꿈을 꾸듯 흐뭇한 계산을 했다.

꿈이 깨지는 데는 얼마 걸리지 않았다. 비극이라고 정해진 소설처럼 첫날의 마술쇼 이후에는 계속해서 내리막이었다. 심청이 받은 팁에서 마담에게 내야 하는 수수료가 심청이 가져가는 돈보다 훨씬 많았다. 사야 할 것들, 꾸며야 할 것들은 점점 늘어나서 이자도 밀리는 판국에 돈을 더 빌려야 하는 일이 생겼다. 아파서 일을 쉬면 그만큼 벌금이 붙어 또 원금이 늘었다. 원금과 이자, 밀린 이자와 그 이자를 갚기 전에는 이곳에서 빠져나갈 수 없는데, 갚아야 하는 돈은 하루하루 더 늘어났다.

"이 돈을 다 언제 갚으려고 2차도 안 나가고 버티는 거야, 버티길? 누구 장사 말아먹으려고 작정했어? 너 하나 쥐도 새도 모르게 없애는 건 일도 아니야. 흥, 술집 년이 무슨 열녀나 되는 것처럼 몸을 아껴, 꼴같잖긴."

반강제로, 절박함으로, 체념으로 2차도 나가기 시작했다. 그래도 빚은 줄지 않았다. 앞으로도 줄 것 같지 않았다. 심청은 몸부림칠수록 더욱더 빠져드는 수렁에 빠진 것 같았다. 어디서부터 어떻게 해결해야 할지 알 수가 없었다. 나 몰라라 하고 도망쳤다가 가드로봇에게 붙들려 와 매질과 감금을 당하고 죽기 직전까지 굶어보니 다시 도망칠 엄두도 못 냈다.

하고 싶지 않은 일을 억지로 해야 하는 데다, 빚이 줄어들지도 않으니 심청은 자포자기했다. 손님들에게서 매번 불평이 들어오고 심청을 지명하는 손님도 점점 줄어들다가 급기야 심청이 자살을 기도하자, 마담은 새로운 곳에 심청을 팔아넘겼다. 바로 지금 있는 '모성의 집'이었다.

심청은 안락의자에 기대 음악을 들으며 눈을 감고 있었다. 특별히 과학적으로 계산해서 AI가 합목적적으로 작곡한 음악이라고 했다. 하지만 아침 정기 건강검진과 한 시간의 특별 맞춤 요가를 하고 온 후라 곧 졸음이 몰려왔다. 어느 틈엔가 하우스맘이 다가와 심청의 어깨에 손을 얹었다. 심청은 깜짝 놀라 잠에서 깼다.

"음악에 집중하세요. 좋은 음악은 최고의 교육입니다."

하우스맘이 나지막하게 말했다. 심청은 엉덩이를 고쳐 앉으며 고개를 끄덕였다. 하우스맘이 지나가고 나자 살짝 한숨이 나왔다. 음악 듣기가 끝나면 수학 수업이 있다. 논리력을 키우는 데는 수학만 한 것이 없다고 했다. 점심은 AI 영양사가 구성하고 특급호텔 요리로봇이

조리한 양질의 식사. 점심을 먹은 후에는 산책하고 30분간 낮잠을 자서 컨디션을 조절한다. 낮잠 후에는 뜨개질. 손가락을 움직이며 집중하는 것이 두뇌 발달에 좋다고 했다. 그리고 아름다운 그림이나 감동적인 영화감상. 저녁 요가. 다시 완벽한 식단의 저녁 식사. 저녁 건강검진을 받고 나면 잠들기 전까지 독서와 명상. 취침은 열 시. 기상은 여섯 시. 완벽하게 짜인 생활이다.

심청은 졸지 않으려고 심호흡을 했다. 심호흡은 언제나 좋다고 했다. 산소를 깊이 들이마셔 혈액에 산소를 공급하고 태아의 뇌 발달을 촉진하는…….

임신한 지 석 달 된 배를 부드럽게 문질러보았다. 심청이 품은 태아가 누구의 아기인지 심청은 알 수 없었다. 대리모 면접을 볼 때 벌거벗은 채 작은 방 안에 들어가 하우스맘이 시키는 대로 이리저리 몸을 돌려 보였는데, 건너편 특수유리 너머에서 고객이 심청을 살펴보고 있다고만 들었다. 처음에는 술집에서 일하던 것만큼이나 부끄럽고 싫었지만, 몇 번 반복하는 사이 심청은 제법 더 건강해 보이는 포즈를 찾아서 하게도 되었다. 심청은 체형이 반듯하고 피부가 깨끗해서 아기 부모들에게 인기가 좋았다. 뭐니 뭐니 해도 나이가 어리다는 점이 가장 큰 장점이었다.

이번 고객은 심청을 직접 만나 대화를 나눠보고 싶다고 했다. 원래 대리모와 고객이 직접 대면하는 것은 금지사항이지만, 이번 고객은 만나서 얘기를 해봐야 어떤 사람인지 알 수 있다며 꼭 심청을 직접 만날 것을 고집했다.

"우리 아기를 낳아줄 사람인데, 물론 우리 부부의 정자와 난자로 태어나는 아이지만, 꼭 만나보고 결정하고 싶었어요. 일부러 인공 자궁이 아니라 사람의 자궁을 선택한 건데 그만한 권리는 누릴 수 있어야죠. 사실, 인공 자궁에서 키워서 출산하면 돈도 덜 들고, 임신 환경도 최상의 조건으로 유지할 수 있고, 만약의 비상사태에도 더 빨리 대응할 수 있겠지만, 그래도 우리는 인간적이고 자연스러운 것이 최상이라고 생각해요."

왜, 당신 아기인데, 당신 배 속에서 키우는 게 가장 자연스러운 거 아닌가? 임신하면 불편하고, 출산할 때 아프고, 엄마의 몸매가 망가지며, 사회활동에 방해가 되기 때문이라고 솔직하게 말하는 것이 더 인간적이지 않나? 심청은 잠시 따박따박 말대꾸하는 상상을 해보았으나 하우스맘이 시킨 대로 고분고분 고개를 끄덕이며, 네, 하고 짧게 대답했다.

"우리는 태아가 엄마의, 아니 진짜 엄마는 아니지만,

어쨌든 사람의 자궁에서 호흡하고 자라면서 사람과 감정적인 교류를 나누는 것이 중요하다고 생각하거든요. 기계 자궁이 아무리 완벽한 조건을 제공한다고 해도 그건 객관적인 수치상으로 그렇다는 것일 뿐, 정말 중요한 정서적 조건은 온전히 충족시켜줄 수 없지 않겠어요? 왜, 아주 오래된 유명한 실험 중에 우유를 주는 철사 원숭이 엄마와 아무것도 없는 헝겊 원숭이 엄마에 대한 실험도 있잖아요?"

심청은 그렇지요, 라고 대답했지만, 무슨 말인지 알 수가 없었다. 그러나 그 정도는 나도 당연히 안다는 표정을 지으려고 애썼다. 이런 고객은 멍청한 대리모는 질색한다.

"그래서 여기 '모성의 집'을 소개받았을 때 정말 기뻤어요. 저희 말고도 여기서 아이를 낳은, 비슷한 생각을 가진 지도층 인사들이 많았다는 것도 알게 됐어요. 저희 결정이 틀리지 않았다는 것을 확인하고 더욱 자신감을 얻었답니다. 그러니까, 만일 저희 아이를 품게 되면 무엇보다 정서적 교류, 그러니까 태교에 힘써주시기를 바라요."

심청은 다시 물론이지요, 하고 고개를 끄덕였다. 하품이 나오려는 것을 아랫입술 안쪽을 깨물어 막았다.

"아가씨는, 아, 이렇게 불러도 될지 모르겠는데."

여자가 조금 난감한 표정을 지었고, 심청은 괜찮다는 표시로 너그러운 미소를 지어 보였다.

"건강 상태도 일급이고, 이미 자연분만으로 순산 경험도 두 번 있다고 들었어요. 제왕절개가 아닌 자연분만이 중요하다고 생각하거든요. 아이의 면역력과 지능에도 좋다고 하죠. 출생 신분도 좋고, 좋은 대학도 나왔고, 지능지수를 포함한 세 가지 지수 모두 일급이라고."

심청은 자부심을 담은 미소를 보내 여자의 말을 긍정했다. 하지만 자기 아기를 위해 이렇게나 고르고 고르는 여자가 이토록 멍청하다니. 출생 신분? 대학? 지능지수? 그런 건 얼마든지 날조할 수 있다는 것도 모르나? 내가 의료용 클론으로 태어나 대학은커녕 보육원에서 자라고 성매매를 했다는 걸 알면 뒤도 안 돌아보고 도망칠걸? 뭔가 이긴 듯한 생각이 들었다.

"그런데 왜, 저기, 이런 말 불쾌할지도 모르겠지만, 왜 이런 일을…… 하세요?"

하우스맘이 제일 중요하다고 한 예상 질문이었다. 심청은 잠시 창밖을 바라보며 심호흡을 했다. 천천히 여자를 바라보며 미소를 지었다.

"사고로 아이를 잃은 적이 있어요. 그 뒤로 제 아이를 다시 키울 용기가 나질 않네요. 하지만 선생님 같은 생각을 가진 분들에게 인공 자궁에서 키운 아이가 아닌, 진짜 아이를 낳아드리고 싶었어요. 보람 있고 옳은 일이에요."

여자의 얼굴에 흡족한 표정이 떠올랐다. 됐다, 심청은 생각했다. 목돈을 쥘 수 있다. 앞으로 열 달, 그리고 모유를 유축하는 두 달, 일 년 정도는 아무 걱정 없이 여기서 지낼 수 있다.

일곱 달 뒤, 심청은 분만 병동으로 옮겨졌다. 앞의 두 번도 모두 순산이었고, 건강검진에서 태아나 심청 모두 문제가 없었으니 아무 걱정하지 않았다. 태아의 목에 탯줄이 감겼다고, 지금 바로 제왕절개 해야 한다고 의사가 혀를 차기 전까지는. 진통에 더해 걱정이 밀려왔다.

"아니, 안 돼요. 헉. 자연분만 해달라고, 고객이. 헉, 헉. 아아, 수술하면 이제는 대리모를 못 할지도 모르는데."

심청의 호소에는 아무도 귀 기울이지 않았다. 의료진은 바쁘게 수술 준비를 했다. 심청의 얼굴에 마스크가 씌워지고 링거에 마취약이 들어갔다.

아, 안 돼. 심청은 입술을 달싹거리며 까무룩 잠에 빠져들었다.

"어쩌죠? 출혈이 계속되고 있어요. 혈압이 떨어지고 있습니다."

"……아기는?"

"아기는 건강해요. 지금 신생아실에서 부모와 함께 있어요. 초유를 먹였냐고 자꾸 묻는데……."

"뭐야, 그거야 먹였다고 하면 되잖아? 적당히 다른 모유로 받아다 먹여."

"네. 이 대리모, 수혈 준비할까요?"

"……아냐, 됐어, 뭐, 어차피……. 좀 더 지켜보다가 못 깨어나면 그냥 사망 처리해. 어차피 제왕절개로 분만해서 이 일에 더 써먹지는 못할 거야. 저 여자 관련 서류 잘 폐기하고."

"네. 알겠습니다."

4. 2153년 심청

밤새 비가 오고 바람이 세차더니 오늘은 날이 개고 공기도 누그러졌다. 심청은 말린 물소의 위를 주머니 삼아 어깨에 두르고 먹을 것을 구하러 나섰다. 오늘은 동굴 뒤의 산을 넘어가보기로 했다. 동굴 쪽에도 아직 캘 만한 고사리와 쑥, 칡 같은 것들이 남아 있지만, 거기는 나이 든 어머니와 할머니에게 맡기고 심청은 새로운 곳에 가볼 생각이었다.

엊그제 거기서 멧돼지 사체 남은 것과 산딸기를 주워 온 고미가 산딸기가 제법 있더라고 했다. 어머니는 위험하다며 말렸지만, 심청은 새로운 곳에 가는 것이 두근두근 좋았다. 혹시 몰라 주머니에 고미의 돌칼 하나를 숨겨 넣고, 심청은 살짝 동굴을 나왔다.

간밤의 비에 젖은 산길이 미끄러웠다. 정신을 똑바로 차리지 않으면 미끄러져 뒹굴 수도 있다. 밤새 잠을 제대로 못 자 연신 하품을 하던 심청은 고개를 저어 졸음을 쫓고 발에 힘을 주었다. 어젯밤 비바람이 동굴 안까지 몰아쳤기 때문에, 심청은 불씨를 지키느라 뜬눈으로 밤을 새웠다. 비바람이 들이치는 동굴 입구를 등지고 앉아 짐승 가죽을 펼쳐 들고 불씨를 감싸 안듯 보호하며 밤을 지새웠다. 꾸벅 졸다가 팔이 스르륵 내려가면 불씨에 손이 닿아 깜짝 놀라 깨곤 했다. 새벽에 바람이 좀 잔잔해지고 나서야 주린 배를 쥐고 잠깐 잤다. 어머니가 흔들어 깨웠을 때는 도저히 못 일어날 것 같더니, 그래도 젊은 몸이라 막상 촉촉해진 산길을 걸으니 상쾌하기까지 했다.

심청은 따기 쉬운 열매만 따면서 빠른 속도로 목적지

를 향해 갔다. 칡뿌리가 자라는 곳은 머릿속에 위치를 잘 기억해두고 다음에 다시 오기로 했다. 오늘은 일단 고미가 얘기한 산딸기를 주머니 가득 따 올 생각이다. 계곡 옆의 가파른 흙길을 가뿐히 오른 후 더 가파른 바윗길을 헉헉거리며 오르자 산의 정상이었다. 나지막한 뒷산이라고만 생각했는데 올라오고 보니 아래가 훤히 보이는 것이 제법 높다. 심청은 탁 트인 바위 위에 앉아 잠시 숨을 골랐다.

심청 무리가 이곳으로 옮겨온 것은 지난겨울. 그전에 지내던 곳은 이런 산속 동굴이 아니라 완만하고 느린 강이 흐르는 평평한 지역이었다. 토끼나 들쥐 같은 작은 짐승이 많았고 무엇보다 강가에 물고기가 많아, 먹을 것 걱정하지 않고 지낸 시절이었다. 어디선가 무리를 지어 온 다른 사람들이 날카로운 돌창을 들고 쳐들어온 이후, 무리의 대장인 개지를 따라 이 산속까지 왔다. 그 과정에서 심청 무리는 아까운 젊은 남자를 다섯이나 잃었다. 산속은 겨울도 더 추운 것 같았다. 익숙지 않은 주변 환경에 추운 겨울까지 겹쳐 노인들이 죽어나갔다. 고미의 할머니와 어머니도 지난겨울에 모두 죽었다. 심청의 무리는 거의 절반으로 줄었다.

심청은 우울한 생각에서 벗어나려는 듯 힘차게 고개

를 젓고 주머니에서 작은 열매 하나를 꺼내 입에 넣었다. 평소 같으면 하나라도 더 따서 돌아가 식구들과 함께 먹었겠지만 오늘은 주저하지 않고 하나 더 꺼내 먹었다. 도도록해진 아랫배를 손으로 감싸고 흐뭇하게 미소 지었다. 아기가 먹을 것이다. 가장 예쁘고 좋은 것으로, 아기가 먹는다. 심청의 첫 아기. 아직 아무에게도 말하지 않았다. 어머니에게도, 할머니에게도, 심지어는 고미에게도. 다들 알게 되면 지난겨울의 고난을 딛고 태어날 새 식구를 반겨줄 것이다. 어쩌면 커서 심청 무리의 대장이 될지도 모른다.

다시 길을 나서려고 일어서자 저 아래 그들이 오는 것이 보였다. 심청은 저도 모르게 납작 엎드렸다.

저들은 네 개의 빙빙 돌아가는 둥근 것 위에 얹힌 네모나고 커다란 바위 같은 것과 함께 온다. 그 바위는 진짜 바위와는 달리 속이 비어 있어서 바위 안에서 사람이 몇 명씩이나 나온다. 저들은 개지 대장보다도 키가 훨씬 크고 체격도 좋다. 게다가 들개 같은 것을 몰고 다니기도 한다. 예전에 심청의 어린 동생이 들개에 잡아먹힌 뒤로 들개는 심청이 가장 무서워하는 짐승이다. 그런데 저들은 어떻게 한 것인지, 들개들을 자기들 편으로 만들었다. 심청은 어머니로부터 저들이 들개만 아니라 우리도 잡아간다는 이야기를 들었다.

"저들은 가끔 우리 중의 하나를 몰래 잡아 저 바위 속에 태우고 가버리지. 한번 잡혀간 이들은 다시는 돌아오지 않아."

심청은 지금까지 저들을 서너 번 보았다. 심청 주변의 누굴 잡아가거나 한 일은 없었다. 저 바위 같은 것을 타고 여기저기 돌아다니거나, 심청의 무리를 멀리서 쳐다보는 것만 몇 번 보았다. 그래도 심청은 무서웠다. 어머니도 없고 할머니도 없고 고미도 없는데 여기서 저들을 맞닥뜨리는 것은 싫었다. 심청은 산딸기도 포기하고 조심조심 왔던 길을 돌아 내려갔다.

어느 정도 내려갔을까, 아직 동굴로 돌아가기에는 멀었는데 계곡물 흐르는 소리 사이로 저들의 소리가 들렸다. 알아들을 수 없는 말들, 사그락사그락, 저벅저벅 하는 소리, 들개들이 컹컹거리는 소리. 심청은 조바심이 나서 가파른 흙길을 뛰어 내려갔다. 두려움이 온몸을 사로잡고 숨이 턱까지 차올라 심청은 울면서 헉헉거렸다. 계속 뛰어 내려가는데도 소리는 점점 가까이 다가왔다.

"저기 있다!"

저들이 뭐라고 소리를 지르자 심청은 깜짝 놀라 미끄

러졌다. 미끄러운 진흙 길을 데굴데굴 굴렀다. 바위에 등허리를 퍽, 하고 부딪혀 멈추자 숨이 턱, 막혔다. 들개들이 달려오는데 움직일 수가 없었다. 아랫배를 감싼 두 팔에 힘을 주었다. 들개들이 심청의 주변을 돌며 컹컹 짖고, 곧 저들이 도착했다.

누군가 심청의 옆에 무릎을 꿇고 앉아 심청의 목덜미를 만졌다. 벌에 쏘인 듯 따끔하더니 심청의 눈앞이 캄캄해졌다.

강당에는 'Lucy in the sky with diamond'가 잔잔하게 흘러나오고 있었다. 주최 측 진행요원이 시계를 보고 안내방송을 하자, 밖에서 커피를 마시며 담소하던 사람들이 하나둘 강당으로 들어와 자리를 채웠다. 진행요원이 강당의 문을 닫고, 김 박사가 연단에 올랐다. 김 박사 뒤쪽의 스크린에는 '종 복원 프로젝트—한반도의 네안데르탈인'이라는 표제가 떠올라 있었다.

음악이 멈췄다. 김 박사가 흠흠, 목을 가다듬었다. 참석자들이 입구에서 받은 소책자의 해당 페이지를 들췄다.

"안녕하십니까, 종 복원 프로젝트의 책임연구원, XX 대학 김재우 교수입니다. 오늘 발표할 내용은 지난 4월 소백산 일대 고대 인류 야생 생태지에서 포획한 16세 여성 네안데르탈인에 관한 연구 보고입니다. 지난 20XX년에 유전자 증폭 및 체세포 복제를 통해 종 복원한 제1세대 네안데르탈인 Lucy의 5대손 직계 개체입니다. 이 개체는 포획 당시 산 열매를 채집하고 있었던 것으로 보이며 물소의 위장을 다듬어 만든 주머니에서 산딸기와 살구, 조잡한 수준의 뗀석기 돌칼이 발견되었습니다. 개체는 현장에서 바위에 부딪혀 심각한 상처를 입었고, 저희 연구진이 마취 주사를 놓아 연구소로 이송했으나 생체 검진 중 사망한 사례입니다. 사망 후 부검에서 저희는 매우 흥미로운 결과를 얻을 수 있었습니다. 사망 당시 이 개체는 임신 중이었는데, 태아를 부검한 결과 네안데르탈인과 호모 사피엔스의 혼혈인 것으로 밝혀졌습니다. 이로써 네안데르탈인이 복원된 지 5세대, 호모 사피엔스가 복원된 지 3세대 만에 자연적인 교배가 이루어졌음을 확인하였습니다. 구체적인 부계의 호모 사피엔스 개체는 유전자 검사를 통해 추적 중입니다만, 아마도 지난겨울 남한강 유역에서 있었던 호모 사피엔스 KOR AT-3 그룹의 네안데르탈 KOR UTTa-1 그룹에 대한 소규모 공격의 과정에서 교배가 이루어진 것으로 추측……."

5. 2221년 심청

"이게 다 저 아이의 전생이란 말인가요? 어머, 정말 불쌍하기도 해라. 아니, 어떻게 된 게 전생마다 다 그리 험한지……. 정말 안됐네요. 저기, 박사님, 근데, 아무래도 이 아이는 안 되겠어요. 기왕이면 전생이 좀 행복했던 아이로 하는 게……."

"예에……. 무슨 말씀인지 잘 알겠습니다. 그런데, 사실 전생은 그다지 상관이 없거든요. 솔직히 말씀드리면 전생까지 검토하시는 분은 사모님이 처음이시라……."

"어머, 선택은 제가 할 수 있는 거 아니었나요?"

"아, 물론 당연히 그렇습니다. 하지만 그동안의 연구 결과에 따르면 전생이 이번 생에 특별한 영향을 미치지 않는다는 것이 다수의 견해이고……."

"다수의 견해이지 백 프로 확실하다는 건 아니잖아요. 아직 우리 애 체세포가 많이 남아 있는데 왜요. 클론 다시 만들어주세요. 그래도 안타깝게 먼저 간 우리 아이의 기억을 모두 이식받아 앞으로 우리 자식으로 살아갈 아이인데, 조금이라도 찝찝한 건 싫어요. 건강 상태도, 전생도, 완벽한 클론의 두뇌에 우리 아이 기억을 옮겨주세요. 추가 비용은 얼마든지 더 낼 테니까요."

"네, 저희야 물론 원하시는 대로 해드립니다. 그럼 저 클론은 어떻게 할까요?"

"그냥 폐기해주세요. 아아, 왜 전생은 컨트롤이 안 되는 거죠? 이번 클론은 제발 합격품이었으면 좋겠네요."

---

* 참고자료: 이규희, 『심청전 흥부전』, 지경사, 2009

작가의 말

전래소설 '심청전'은 심청의 지극한 효성을 칭송하는 내용입니다만, 지금에 와서 읽다 보면 과연 심청의 효도가 진정한 효도인지, 약속한 시주를 하지 않으면 화가 닥친다고 위협하는 것이 진정한 종교인지, 자신의 부와 안전을 위해 다른 사람을 돈으로 사서 제물로 바치는 것이 용인될 수 있는지 어리둥절할 뿐입니다. 그저 몽매한 시기였다고 눙치기에는 무리가 있습니다.

그런데 말끝마다 인권이 따라붙는 지금 21세기에도 사람은 어김없이 상품으로 거래되고 있습니다. 좀 더 은밀하고 빈틈없는 방식으로요.

미래에는 어떻게 될지 상상해보았습니다. 발전하는 과학기술은 그 자체로 축복이라고 생각합니다만, 그것을 요리조리 이용하는 사회의 비정함도 나날이 발전하지 않을까 걱정입니다. 이 소설에서 과거의 심청이도, 현재의 심청이도, 미래의 심청이도 똑같이 상품이 되어 소비되고 희생되는 것이 단지 저의 기우이기를 바랍니다.

「심청전」을 발표할 수 있는 지면을 허락해주셔서 감사합니다. 언제나 지지해주시는 부모님, 동생, 신랑, 아들, 딸에게도 감사의 마음을 전합니다.

오토바이

김정민

2022년 농민신문 신춘문예에서 단편 「기쁜 손님」이 당선되면서 글쓰기를 시작했다. 독자에게 즐거움과 위로를 함께 안겨주는 글을 쓰고 싶다. 현재 장편소설 출간을 목표로 글을 쓰고 있다.

재호의 전화기가 꺼진 지 세 달이 되었다. 유선은 그의 짐을 빠짐없이 싸서 유료 창고에 넣으려다가 그만두었다. 재호의 냄새가 채 빠지지도 않은 집에 있는 것은 힘들었지만, 이혼소송을 위해 견뎌야 할 것들은 그보다 더 많았다. 유선은 하루도 빠짐없이 새벽 조깅을 했고, 아침밥을 챙겨 아이들을 학교에 보냈으며 지각이나 결근하지 않고 일상을 챙겼다. TV에서는 발을 헛디딘 얼룩말이 사자에게 목을 물리고 있었다. 유선은 화면에서 눈을 떼지 못한 채 약을 삼켰다. 사야 할 영양제들, 건강검진, 세탁소에 맡겨야 할 겨울옷이나 수영장 회원권 갱신 같은 일들이 두서없이 떠올랐다.

유선이 눈길을 돌린 곳에 베란다에 방치된 화분들이 보였다. 재호가 유일하게 관심을 쏟던 식물들이었다. 전셋집에 살 때 함께 다이소에서 샀던 화분들은 함께 이사를 다니며 작은 아파트를 살 때까지 분갈이를 거쳐 무성하게 자랐다.

아이가 학원에 간 토요일 낮이었다. 유선은 여느 때처럼 추리소설 한 권을 집어 들고 거실 소파에 앉았다. 한 계절을 돌아온 말간 봄볕이 화분에 닿는 것을 보았다.

유선의 기억으로는 단 한 번도 물을 주지 않았는데 화분 아래에서 새잎이 돋아나고 있었다. 커피잔을 내려놓고 가서 화분을 자세히 살피고 있는데 전화벨이 울렸다. 유선의 엄마는 훈이가 방금 수술을 마쳤다고 말했다. 훈이는 올해로 열여섯인 늙은 개였지만, 유선에게는 아직도 아이 같고 동생 같았다. 작별은 쉽지 않았다.

'열여섯이면 자기 달리기 실력부터 탓하기 마련이지.'

형부의 가게에 전시된 오토바이를 훔친 사람이 중학생 남자애라는 걸 알게 되었을 때 재호가 했던 말이었다. 절도에 대해 진심으로 반성하지도 않는 그 아이가 할아버지와 둘이 산다는 것을 알게 된 후 재호는 자신이 배상하겠다며 적극적으로 나섰다.

유선은 재호가 정도에 넘치는 관용을 가지고 있으면서 왜 제 아들한테는 그러지 못하는지 따져 묻고 화냈다. 학교폭력 위원회에 참석했을 때도 합의조정이 되어가는 상황에 나타나 시곗줄이 풀릴 때까지 제 아들의 뺨을 여러 차례 때렸던 재호였다. 분노가 일렁거리는 재호의 그 눈동자를 보지 않았다면 이혼을 결심하지 않았을지도 몰랐다. 몸이 풀린 희준이가 주저앉고 보다 못한 선생들이 양쪽에서 재호의 팔을 잡았을 때야 그는 자기 손바닥을 황망하게 바라보다가 문밖으로 나가버렸다. 사람들을 의식해서 일부러 때린 거라면 달랐을까. 유선은 희준을 그러안고 면죄부를 구하듯이 자리에 있는 사람들의 얼굴을 하나하나 살펴보며 애원했다. 이 아이는 제 아버지에게 사랑을 제대로 받지 못해서 그렇답니다. 이제 아시겠어요.

"자주들 그러시더라고요. 중요한 것일수록 늘 바쁠 때 빠트리게 되잖아요."

세탁소 주인이 유선의 캐시미어 코트에서 꺼낸 우편물을 급히 건넸다. 반으로 접혀 있는 우편물은 재호의 중학교 동창회 초대장이었다. 결벽증이 있는 유선은 코트에 우편물을 넣은 기억도 그런 습관도 없었다.

동창회는 일주일 후였다. 유선의 인생에서 중요한 고비마다 빠른 결정을 내리게 해주었던 동물적인 직감이 목덜미를 잡는 기분이었다. 서늘한 그 느낌을 천천히 동사로 바꾸면서 유선은 우편물을 꽉 쥐었다. 재호는 초등학교 동창회까지 챙기는 사람이었다.

'너는 네가 되고 나도 네가 될 수 있었던 수많은 기억들.'

욕실에 있던 유선은 인기척을 느껴 뒤를 돌아보았다. 재호의 노랫소리가 들린 것 같았다. 유선이 칫솔질을 하고 있으면 어느새 따라 들어온 재호가 뒤에 서서 함께 거울을 보며 씩 웃곤 했다. 한 거울에 담긴 모습이 좋다고 말했다. 잘 웃지 않아서 자신을 좋아했다고 말한 전 애인의 이야기를 유선이 꺼냈을 때, 재호는 그건 거짓말이라고 유선의 아름다운 미소를 질투한 거라고 말했다. 유선은 재호의 말을 떠올리며 억지로 미소를 만들어보았지만 이내 입꼬리에 힘이 풀렸다.

차마 치우지 못한 재호의 칫솔을 한참 동안 보고 있다가 욕실을 나왔다. 유선은 다음 주 주말에는 개인 사정으로 학원에 가지 못한다고 미리 말해놓으라는 메시지를 희준에게 보냈다.

'그렇게 무책임한 사람일 리가 없는데, 진짜 제 와이프보다 더 믿던 친구라니까요.'

유선이 재호의 물품을 챙기러 회사에 갔을 때 재호의 상사는 그의 안위를 진심으로 걱정했다. 재호는 장기 무단결근으로 해고되었지만, 직장 내 모두가 그를 걱정하고 있었다. 재호의 상사는 사랑의 도피행각이나 자살이 아니겠냐는 혼잣말을 큰 소리로 말한 뒤에 당황하며 사과했다. 재호 같은 사람은 슬럼프가 오면 아무도 찾을 수 없는 곳으로 숨을지도 모른다며 다시 호들갑을 떠는 것이 재호와 유선의 관계가 악화되지 않길 바라는 속내로 보였다. 사실 유선은 조금도 기분이 상하지 않았다. 입단속을 못 해서 트러블이 잦기로 유명했지만 재호와의 관계는 좋은 상사였다.

제약회사 영업과장이었던 재호는 업무능력이 탁월했고 대인관계 또한 좋았다. 진심으로 사람을 좋아했다. 유선과는 본질적으로 달랐다. 그런 재호의 장점, 좋은 유전자들은 아들 희준을 생각하면 유선에게 오히려 위안이 되는 것들이었다.

하지만 유선이 재호의 물품박스를 집으로 가져와서 열어보았을 때는 재호의 상사가 했던 말들을 다시 떠올려야 했다. 재호의 통장에는 누군가에게 꾸준히 일정 금액을 송금한 기록이 남아 있었다. 누가 봐도 여자를 떠올리게 하는 이름이었다. 특정한 날에 특정 금액을 꾸준히 송금했다는 부분이 소름 끼쳤다.

거실 바닥에 주저앉은 유선은 다리에 감각이 사라질 때까지 수백 장의 명함들을 일일이 확인했다. 여자의 이름과 계좌번호가 있는 꽃집 명함을 찾았을 때, 한 달에 한 번 잊지 않고 꽃다발을 사 오던 재호의 모습이 떠올랐다. 머릿속으로 스멀스멀 차오르는 의심과 상상들이 오히려 유선을 차분하게 만들어주었다. 꽃집 명함을 지갑에 넣은 후 물품박스를 정리하는데 두툼한 종이봉

투 하나가 눈에 띄었다. 봉투는 마치 그것을 열어주길 바라는 것처럼 테이프로 봉해져 있었다.

유선은 잠시 머뭇거렸다. 유선이 물품박스를 찾아갈 것을 알았으면서도 보란듯이 정리해놓은 재호의 의도가 궁금했다. 차라리 모든 것을 선명하게 만들 수 있게 외도를 증명하는 남녀 간의 징표나 호텔 영수증 따위가 나오길 바랐었다.

하지만 그 안에는 폴라로이드로 찍은 재호의 사진 수백 장이 들어 있었다. 알 수 없는 표정으로 일그러진 그 얼굴에는 새빨간 손자국이 있었다.

'어릴 때 자주 가던 아지트가 있었어. 계곡 근처 산 위로 쭉 올라가면 우거진 풀숲의 커다란 등나무 옆에 숨겨진 작은 동굴이 하나 있었는데, 거기 숨으면 아무도 날 찾을 수 없었어.'

서울역에서 유선은 몇 번이나 뒤를 돌아보았다. 재호와 비슷한 옷을 입은 사람을 보았고, 재호와 비슷한 뒤통수, 재호와 비슷한 눈빛을 가진 사람을 보았다. 재호가 했던 말들이 유선의 등을 두드리며 지나갔다.

열차 시간을 다시 한번 확인한 후, 햄버거 가게 키오스크에서 주문하고 난 뒤 유선은 허둥지둥 희준을 찾았다. 테이블에는 다섯 살 희준이 아닌 열다섯 살의 희준이 앉아 있었다.

가방 안에 든 이혼서류를 떠올리니 유선은 희준을 똑바로 바라볼 수가 없었다. 희준은 영문도 모른 채 제 아빠를 만나러 갈 생각으로 들떠서인지 유난히 말수가 많았다.

여자에게서는 답장이 오지 않았다. 훈이가 병원에서 다시 호흡곤란을 일으키고 있다고 유선의 엄마에게서 문자만 와 있었다. 희준이 훈이의 안부를 물었지만 괜찮다고 둘러댔다. 부모가 된 후 해야 할 거짓말은 더 늘어났다.

벌써 햄버거 한 개를 다 먹은 희준에게 유선은 자기 햄버거를 밀어주었다. 희준은 또래보다 키도 월등히 크고 운동신경도 좋은 데다가, 성적도 좋아 늘 반에서 인기가 있었고 저절로 또래를 끌고 다니는 타입이었다. 하지만 밖에서의 희준과 집에서의 희준은 달랐다. 희준은 집에 오면 두꺼운 분장을 씻은 사람처럼 조용히 혼자 음악을 듣거나 피아노를 치거나 책을 읽었다. 유선은 일찍 결혼한 언니의 아이들이 성장하는 것을 보면서 남자아이들의 세계는 복잡하면서도 단순하다는 것을 이해했다. 주먹 다툼을 하기도 하지만 금세 화해하고 어울리기도 했다. 그래서 어른의 과도한 개입이 상황을 더 부자연스럽게 만들거나 악화시킬 수도 있다는 것을 알았다.

유선은 명랑하지만 자존심이 유독 세고 예민한 희준이 가끔 일으키던 트러블을 잊지 않고 있었다. 교우 관계를 위해 희준의 친구들을 가끔 집으로 초대했고, 학급 임원이 되면 시간을 내어 학교 일에 적극적으로 참여했다. 반드시 내 아들만을 보호하기 위한 것이 아니라 내 아들의 예민함과 독특함으로 인해 발생할 갈등까지 사전에 방지하고자 애썼다.

희준에게 맞았다는 피해 학생은 초등학교 때까지는 단짝이던 희준의 친구였다. 모든 일이 일단락되고 나서야 희준이 털어놓았다. 자신의 분홍색 아이폰 케이스나 자기가 읽는 시집과 소설책을 지적하고 놀리기 시작한 게 그 친구였다고. 책을 읽고 눈물을 흘리는 모습을 들킨 이후로 희준은 학교에서 완전히 먹잇감이 되었다고. 그제야 유선은 아들에 대해 조금 더 알게 된 것 같았다.

기차의 차창 밖은 벌써 어두워져 있었다. 고개를 돌리고 잠들어 있는 희준의 오른쪽 얼굴이 창에 비쳤다. 희준은 늘 왼쪽 얼굴이 보이도록 셀카를 찍었다. 왼쪽

과 오른쪽 얼굴이 비대칭이라며 하루에 몇 번씩 거울을 보는 아이였다. 유선의 칭찬에서도 거짓과 의심을 찾았다. 희준은 이제 비밀을 만들며 자기만의 세계가 점점 더 커지는 나이였다. 희준이 앞으로 가져다줄 예상할 수 없는 기쁨과 슬픔을 생각하면 유선은 목이 메었다. 매일 제 얼굴을 손바닥으로 내리친 후 사진을 찍어대는 나약한 재호를 닮을까 봐 두려웠다.

유선의 아버지는 아들을 원했지만, 딸 둘을 얻었다는 이유로 자기 삶이 실패했다고 여겼다. 유선의 어머니는 유선을 낳은 후에도 수없이 임신을 시도하다 유산하고, 결국 자궁을 들어내는 수술을 했다. 아버지는 필요할 때마다 자신의 낙심을 앞세우며 아내를 위로할 줄 몰랐다. 자신을 닮은 아들이 없다는 것은 외도의 구실이 되기도 했다. 아버지의 눈동자에 유선의 얼굴이 비치는 일은 거의 없었다.

아버지는 동생의 아들들과 캠프를 떠나고 낚시를 다녔다. 자신이 기르는 셰퍼드를 우리 아들이라고 불렀다. 개는 아버지에게만 배를 보였고 다른 가족들에게는 짖어댔다. 그 셰퍼드가 죽었을 때 유선은 아버지의 눈물을 처음으로 보았다. 유선이 셰퍼드의 딱딱해진 몸을 슬쩍 만졌을 때 항문에서 똥물이 흘러나왔다. 놀란 유선은 딸꾹질을 했고, 그 딸꾹질 소리에 놀라 웃었다. 아버지가 유선을 밀쳤다. 웃지 마. 감히 어디서. 넌 앞으로 내 앞에서 웃지 마. 유선은 다시는 진심으로 웃지 못했다. 표정은 학습한 연기에 불과했다.

유선은 아들을 낳고 싶었다. 얼마나 대단한 생명체인지 느껴보고 싶었다. 유선의 아버지는 희준을 보지 못하고 죽었다. 유선은 그 점이 얼마간 억울했다.

아버지가 돌아가신 후 적적할 어머니에게 선물한 개가 수컷 포메라니안 훈이었다. 유선의 어머니는 내가 인제야 아들을 본다며 희미하게 웃었다.

재호에게 먼저 결혼하자고 했던 사람은 유선이었다. 유선의 친구가 대학교 동기라며 재호를 호프집에 데려왔었다. 유선은 마케팅 전문가답게 짧은 시간에 재호를 천천히 샅샅이 스캔했다. 다년간의 운동과 좋은 습관으로 관리해온 준수한 육체가 보였고, 손톱은 깔끔하게 정리되어 있었으며, 신발은 흠 없이 깨끗했다. 안주로 나온 비빔우동을 소리 내지 않고 깔끔하게 끊어 먹는 것이 눈에 들어왔다.

자리를 옮겨 사케를 마실 때 재호는 부모님이 안 계신다고 말했다. 어떤 대화의 맥락에서 이 이야기가 튀어나왔는지는 유선도 기억나지 않았다. 다만 유선은 재호의 흰 피부가 빨갛게 물들어가고 갸름한 턱이 조금 떨리는 것을 지켜보고 있었다. 마치 섹스를 하기 전에 '나의 왼쪽 엉덩이에는 화상 자국이 있어요'라고 조심스럽게 말하는 것처럼 들렸다. 유선은 알고 있었다. 남자가 자신의 이야기를 경청하는 여자 앞에서 어떻게 뿔을 내려놓고 갈기를 늘어뜨리는지를.

수줍어하며 말을 아끼던 재호가 유선에게 갑자기 어떤 남자를 좋아하느냐고 뻔한 질문을 해왔을 때 유선은 건강한 남자라고 대답했다. 그 말에 눈동자가 흔들리던 재호는 마시던 술을 한쪽으로 치워버리고 유선의 눈을 똑바로 바라보면서 말했다. 건강해지고 싶어요. 아니 건강해질게요.

예고 없던 소나기가 쏟아지던 밤이었다. 친구를 먼저 택시에 태워 보낸 후 유선과 재호는 약속이라도 한 듯 모텔에 갔다. 그리고 그날 희준이 생겼다. 희준이를 얻으려고 자신과 결혼한 게 아니냐고 재호가 말할 때마다 유선은 희준에 대한 재호의 마음을 의심하며 분노를 쌓았다.

재호를 사랑하지 않는다는 것은 틀린 답이었다. 유선은 사랑을 쉽게 정의하는 사람들을 의심했다. 사랑은 그것이 끝난 후에야 최종 점수처럼 매겨질 수 있는 것으로 생각했다. 희준이 생기고 일과 육아에 시달리느라 둘만의 시간을 갖기가 점점 어려워졌지만, 서로가 얼마나 뜨거운 속살과 경련으로 휘감길 수 있는지는 잘 알고 있었다. 그렇기에 둘 사이의 섹스는 본디 값비싸고 훌륭한 위스키가 진열장에서 원숙미와 가치를 더해가는 것과 다를 게 없다고 생각했다.

섹스리스 생활이 길어지던 어느 날, 유선은 욕실에서 자기 뺨을 사정없이 내리치고 있는 재호를 보았다. 재호는 열린 문틈으로 보고 있는 유선의 시선을 끝내 눈치채지 못한 채 자기 뺨을 몇 대 더 때린 후에 샤워부스에 털썩 주저앉아 머리를 손으로 감쌌다.

"언제, 어디서부터 망가진 거야? 고장이 난 채로 왜 내게 온 거야? 말을 해. 말을 해달라고!"

"말해주면, 말하면 네가 도와줄 수 있어? 행복해질수록 두려워. 검은 덩어리가 날 짓눌러."

위장을 비틀어오는 미움과 원망은 결국 재호에게 잔인한 말을 내뱉게 만들었다. 재호는 그 후로 유선 앞에서 입을 닫았다.

유선은 희준을 키우느라 짝이 다른 신발을 신은 채 출근도 해보았고, 처음 본 사람과 넉살 좋게 이야기할 줄도 알게 되었고, 야근이 잦은 엄마와 함께 사는 옆집 아이를 집에 불러 식사도 함께하게 되었다. 물론 재호는 부탁하지 않아도 설거지를 하고 청소기를 돌리고 앉아서 소변을 보고 화장실을 정리했다. 그렇지만 재호는 좋은 아버지가 되어주진 못했다. 희준이 어렸을 때부터 동네에서 친구와 다퉜다거나 놀렸다거나, 심지어 TV에 나오는 누군가를 보고 여느 아이들이 그러듯 유행어로 조소할 때도 과도한 반응을 보였다. 희준이가 머리가 좋고 말을 잘하기 때문에 더 지능적으로 상처를 준다며 마치 남의 자식인 것처럼 공격했다. 캐치볼을 할 때면 재호는 한 번도 져주는 일이 없었다.

유선은 점점 제 자식을 보호하기 위해 암사자가 되어갔다. 아이를 위해 이혼을 참고 있을 뿐이었던 유선에게 재호의 외도 따위는 큰 충격이 아니었다.

'백내장에 걸린 아프고 늙은 개가 있다는 것 자체가 행복한 중산층 가정을 의미하는 거 아니야?'

재호가 훈이를 베란다 위에서 던지는 꿈을 꾸었다. 너는 실패한 거야. 훈이는 사람의 목소리로 말을 한 뒤 컹컹 짖었다. 희준이 커갈수록 점점 더 비뚤어져만 가던 재호는 늙고 약한 개에 불과한 훈이까지 질투했다. 유선은 식은땀을 흘리고 있었다. 재호가 사라지자 재호의 말들이 돌아왔다. 재호가 남긴 말의 잔해가 순간순간 유선을 덮쳐왔다.

도착지 안내방송이 나온 순간 희준이 유선의 어깨를 흔들어 깨웠다.

결혼생활은 실패로 끝났지만, 유선에겐 목숨보다 귀한 아들이 남았다. 희준이 제 옷소매로 유선의 이마에 흐른 식은땀을 닦아주었다. 유선은 희준의 손을 힘주어 쥐었다.

낮고 낡은 도시였다. 재호의 고향이었다. 잘못 착륙한 비행선처럼 생긴 KTX 역사가 이질적이고 흉포하게 느껴졌다.

역사에 많은 사람이 내리지 않았음에도 택시들이 개미 떼처럼 몰려 대기하고 있었다. 유선은 트렁크에 짐을 싣고 희준을 먼저 태운 뒤 탑승했다. 트렌치코트 자락이 차 문에 끼인 것을 뒤늦게 발견했다. 유선이 가진 옷 중 가장 비싼 코트였지만, 기사에게 차를 멈춰달라고 말할 여유가 없었다.

십 년 만에 온 곳이었다. 재호의 고모, 그러니까 희준의 고모할머니 댁은 두 시간여를 더 가야 하는 산골이었다. 유명한 해수욕장이 있는 지역이었지만 산골 지명을 대면 모르는 사람도 많았다. 바다가 인접해 있는 평야에서 좁은 길을 한참을 더 올라가야 했다.

유선이 늘 바쁘다는 핑계를 댔기에 고모는 희준이 보고 싶을 때면 비린내가 풍기는 반찬을 들고 서울로 직접 올라왔다. 재호의 때를 벗기며 살고 싶었던 유선에게는 고모와 재호의 고향 그 모든 부분이 껄끄럽기만 했었다.

재호는 이 길에서는 차마 운전을 할 수가 없다고 했다. 재호가 태어나기 전에 이 길은 비포장도로였고 이 고향 출신 정치인이 정계로 진출하면서 길이 지금처럼 닦였다는 말을 들었다. 재호의 부모님은 고등학교 3학년 때 재호를 낳았고, 삼 년 후에 이 길에서 함께 오토바이를 타고 가던 중 음주운전 트럭에 치여 사망했다. 유선은 재호가 고아라는 점이 좋았다. 버림받은 사람 특유의 슬픔이 묻어나는 얼굴과 근본적으로 나약한 성정이라 자신이 다듬고 개입할 수 있는 여지가 많이 보이는 것이 좋았다. 그 나이대 남자치고는 공감 능력이 좋다는 것이나, 실패의 경험과 결핍이 많아서 유선과 같이 사회에서 남성과 싸우며 자리를 찾는 유능하고 호전적인 여성에게 본능적으로 호감을 느낀다는 점이 좋았다. 재호의 운동 습관이나 철두철미한 생활 습관에도 불구하고 그 안에 상처받기 쉬운 조그만 시골아이의 영혼이 보인다는 것, 그 소년을 통제할 수 있다는 점이 좋았다.

택시 기사가 빈 차로 내려가야 하니 기름값이 더 든다며 짜증을 부렸다. 차 안에 긴장감이 돌자 희준이 유선의 옷자락을 세게 잡았다. 유선이 지갑을 열어 기사에게 몇만 원을 더 건네는데, 여자에게서 답장이 왔다.

— 제발 돈 보내지 말라고 해주세요. 이십 년도 더 지난 일이에요. 그 사람 잘못 아니라고 제발 말해주세요. 이러는 게 오히려 이기적인 일 아닌가요. 저도 애 둘 있는 애 엄마라고요.

마을은 온통 깜깜했다. 저녁 여덟 시면 대부분 불이 꺼지고 연속극을 보는 사람들의 텔레비전 소리만 작게 들려오는 곳이었다. 함께 침묵하고 동시에 목소리를 높이는 사람들이었다. 입은 닫고 귀가 열리는 시간이라 목소리를 낮춰야 했다. 어두운 길에 서 있으니 막막함이 어깨를 잡고 뒤흔드는 것 같았다.

대부분 대대로 이웃하며 살아온 곳이기에 이 마을 사람들보다 유선이 재호에 대해 아는 게 더 적을지도 몰랐다. 결혼식 날, 일가친척이 거의 없었던 재호의 신랑

측 사람들은 대부분 동네 어른들이었다. 그들의 입에서 튀어나왔던 재호의 가정사와 그에 관한 이야기들은 페이지가 뒤섞인 책처럼 뒤죽박죽 흩어져 입력되어 있었다. 유선은 재호의 과거를 굳이 알 필요가 없다고 생각했기 때문에 묻지 않았을 뿐이었다.

유선은 재호의 고모가 이 시간에도 깨어 있을 걸 알았다. 거짓말을 못 하는 분이긴 하지만, 또 재호를 위해서라면 무엇이든 할 수 있을 분이기에 미리 말하지 않고 들이닥치는 게 좋을 거라고 계산했다. 여자가 보냈던 문자는 물음표가 되었고 다시 갈고리가 되어 유선의 등을 잡아끌었다. 희준의 손을 꼭 쥔 유선은 마지막으로 숨을 한 번 더 골랐다.

일생 걱정 한 번 끼치지 않은 착한 재호가 단 한 번 잘못을 한 일이 있었다고 했다. 절도였다. 시내에서 남의 오토바이를 훔친 일은 조금 충격적이었다고 결혼식에 참석했던 동네 어른이 말했었다.

이미 나이가 많은 고모가 죽은 동생의 아들인 재호를 얼마나 힘들게 키웠을지 유선은 알고 있었다. 착하다는 수식어가 붙는 어린 시절이 얼마나 쓸쓸하고 괴로운 일인지도 이해하고 있었다. 그래서 오토바이 절도에 관한 이야기를 들었을 때 유선은 재호에 대해서 다시금 묘한 흥미와 호기심을 느꼈다.

재호가 승진했던 날, 유선은 축하의 의미로 최고급 호텔을 예약했다. 재호의 성취는 곧 유선의 성취였다. 유선은 원석 같은 남자를 만들어가는 것에 의미를 찾고 싶었다. 유능한 아버지가 일평생 어머니를 소외시키며 무시했던 것을 보아온 유선은 남녀관계는 대등할 수 없다는 것을 배웠다. 유선은 쓸모 있는 사람이 되고 싶었다.

그날 차갑고 서걱거리는 호텔 침대 위에서 만족스러운 섹스를 끝내고 난 뒤 유선은 재호에게 처음으로 물었다. 오토바이를 왜 훔쳤냐고. 오토바이를 갖고 싶어서 훔쳤다. 훔쳐서 도로를 질주하는 로망을 이뤘다. 그랬기 때문에 후회가 없다. 어린 시절엔 누구나 실수하지만 지나고 나면 추억이 아닌가. 유선은 이런 대답을 듣길 바랐었다. 하지만 재호는 낯빛이 흐려지며 마치 다른 사람이 된 것처럼 화를 냈다. 자신이 원해서 한 것이 아니라고 말했다. 절도는 나쁜 것이고 심지어 누군가 시켜서 한 행동이라고. 고모가 사건 해결을 위해서 소를 팔아 변상했다고 말했다.

재호는 일어나 씻지도 않고 옷을 입고 호텔을 나갔다. 호텔 방에서 남편에게 버림받은 낯설고도 오묘한 기분이었다.

유선은 갑자기 고모에게 재호가 어디 있느냐는 말 대신 오토바이를 왜 훔친 건지 알고 있냐고 묻고 싶어졌다.

"난 어떻게든 너희 둘이 잘 지내길 바란다. 재호가 여기 왔다면 내가 먼저 돌려보냈을 거야."

한 손에는 희준이의 가방을 받아 들고, 한 손으로 자신보다 두 뼘이나 큰 희준을 그러안은 고모가 말했다. 떨리고 있는 고모의 손을 희준이 감싸 쥐었다. 그 모습을 보고 잘 지내려고 하는 게 아니라 이혼하려고 하는 거라는 말은 차마 할 수 없었다. 고모는 유선과 재호의 불화를 이미 알고 있었고 최악의 경우가 발생한다면 희준을 맡겠다고 할 사람이기도 했다. 모르는 것이 많았지만 두려움 때문에 알려고 하지 않았고, 안다고 해도 역시 두려움 때문에 침묵할 사람이었다. 세파에 눌리고 짓이겨져 작고 새카매진 겁이 많은 착한 사람일 뿐이었다.

동창회는 이미 끝나고 소수의 인원만 남아 있을 시간이었다. 안절부절못하는 유선을 보고 희준이 갑자기 라면이 먹고 싶다 보채며 고모의 팔짱을 끼고 함께 집으로 들어갔다.

유선은 집을 둘러봤다. 창고 앞에 놓여 있는 낡은 작업화는 재호의 것이 분명했다. 그제야 수리된 지붕과

정돈된 밭이 눈에 들어왔다. 라면을 받아 든 희준의 탄성이 들리자 유선은 고모의 트럭에 올라탔다. 유선의 엄마에게서 훈이가 회복한 후 의식을 찾았다는 문자가 왔다. 시동을 걸지 않고 한참을 앉아 있는데 희준이 창을 두드렸다.

"아빠 화분에 제가 계속 물 줬어요. 엄마, 우리 아빠 꼭 찾아올 거죠?"

차를 몇 번 멈추며 행인과 상가에 도움을 구해서 찾아온 회관은 시내 번화가에 있는 제법 큰 돼지갈비 전문점이었다. 창에 발라놓은 시트지 때문에 안에서도 밖이 밖에서도 안이 잘 보이지 않았다.

유선은 가방 안에 넣어놓았던 결혼반지를 꺼내서 손가락에 꼈다. 반지는 이제 헐거웠다. 문을 열기 전에 유선이 옷매무새를 고치는 동안 가게 안에서 고성과 욕설이 오가고 있는 게 들렸다. 고깃집 문을 열었을 때 자욱한 담배 연기가 도망치듯 밖으로 달려나갔다. 벽에 걸린 '00기 동창회'라는 낡은 플래카드는 숫자 위에만 새로운 종이가 덧발라져 있었다. 그것은 바닥으로 곧 떨어질 듯 위태롭게 걸려 있었다.

재호는 거기 없었다. 넓은 좌식 테이블에 앉아 있는

남자들의 눈길이 일시에 유선에게로 향했다. 순간 유선은 숨이 턱 막혔다. 검은 침묵. 검은 압박. 검은 두려움. 순간 유선의 눈에 그들은 여러 개의 눈을 달고 있는 하나의 검은 덩어리로 보였다.

금테안경을 낀 남자가 그 짧은 시간에 자리에 앉은 사람들에게 재빨리 눈빛을 돌렸다. 너저분한 상 위에 급히 보자기를 덮은 것처럼 순식간에 분위기가 감춰졌다. 검은 정장을 입고 벽에 기대 술을 마시고 있던 남자가 턱짓하자 덩치 큰 남자가 바로 자리에서 일어나 유선 앞으로 달려왔다.

앞치마를 입고 있는 덩치가 큰 남자는 유선에게 오늘은 동창회 뒤풀이가 끝났다고 말했다가 다시 영업이 끝났다고 고쳐 말했다. 말을 더듬는 남자는 누군가의 눈치를 보는 듯했다. 엇비슷한 옷차림 속에 단 한 사람만 브랜드를 알 수 있는 고급 정장 차림이었다.

"재, 재호를 찾으신다고요? 그런데 재호가 누구더라……."

파장이라고 말했다. 유선이 이곳에 앉을 자리는 없다는 말로 들렸다. 덩치가 크고 말투가 어눌한 남자는 진심으로 곤혹스러워하며 뒤통수를 긁었다. 금테안경이 고개를 숙이고 검은 정장에게 무언가 중얼거렸다. 덩치 큰 남자가 순식간에 테이블로 달려가더니 말을 알아들었다는 듯 고개를 크게 끄덕거리고 유선 앞으로 되돌아왔다. 그 모든 일련의 행동들이 몸에 익은 오래된 습관처럼 능숙해 보였다.

남자는 유선이 밖으로 나갈 줄 알고 문을 열어주었지만, 유선은 테이블로 향했다. 검은 정장과 고개를 숙이고 있는 마른 남자를 제외한 남자들이 한 번 일어섰다 앉으며 유선의 자리가 마련되었다. 눈꼬리는 내리고 입꼬리는 올렸다. 동시에, 자연스럽게. 유선이 생각 끝에 고른 부드러운 미소를 짓는 순간 작은 균열이 생기기 시작했다.

유선은 침묵 속에 여러 각도에서 쏟아지는 시선을 그대로 느끼며 천천히 한 명 한 명의 시선을 되받았다. 테이블에는 이미 빈 술병이 가득했다. 단순히 재호의 행방을 알기 위해 찾아온 곳이었지만 유선에게 그 남자들은 뒤페이지를 더 읽고 싶은 책처럼 느껴졌다.

"와이프 되신다고요. 엄청난 미인이시네요. 재호가 의외의 재주가 있었네."

"재호? 아하. 이제 생각났다. 재주? 재주꾼이 기억 안 났다니 알코올성 치매가 왔나 보네."

검은 정장이 유선의 몸을 노골적으로 훑으며 말을 꺼내자 테이블에 엎드려 있던 남자가 갑자기 불쾌해진 얼굴을 들고 경박스럽게 웃었다. 검은 정장이 소주잔을 소리 나게 내려놓자 쇠꼬챙이처럼 마른 남자가 굳은 얼굴로 입을 다물었다. 몇 겹의 쌍꺼풀이 진 피로한 눈을 가늘게 뜨며 검은 정장이 다시 유선에게 말을 건넸다.

"초대장은 매년 보냈지만, 재호는 동창회에 온 적이 한 번도 없어요. 여기까지 오신 이유는 사정이 있으실 테니 묻지 않겠습니다. 여하튼 그 친구는 오지 않네요. 참 근황이 궁금하고, 보고 싶기도 했던 친구인데."

"혹시 우리 결혼식에는 오셨었나요. 한 분도 기억이 나질 않아서요. 죄송해요"

"사는 게 바쁘다 보니 못 갔습니다. 뭐 여하간 잘 사신다니 다행입니다."

유선의 말 때문에 좌중에 정적이 맴돌자 검은 정장이 넥타이를 거칠게 풀며 대답했다. 검은 정장의 얼굴을 자세히 본 유선은 소스라치게 놀란 것을 감추기 위해 애써 느린 호흡으로 말을 가다듬어야 했다. 그의 얼굴은 재호가 유일하게 싫어하던 직장 상사와 놀랍도록 닮았다. 그런 비슷한 얼굴에 이해가 가지 않을 만큼 경기를 일으키던 재호였다.

"사실 재호 씨는 중학교 시절 이야기는 한 번도 한 적이 없어요. 이야기 꺼내는 것조차 꺼렸죠. 남편이 오랫동안 정신과 치료를 받아온 것과 관련된 일이 있을까요?"

유선은 부러 검은 정장의 말을 자르고 금테안경의 얼굴을 보며 물었다.

"우울증이야……. 현대인의 질병이죠. 저도 그래서 약으로 이렇게 술을 자주 마시니까요."

금테안경이 따라준 소주를 한 모금 마신 후 유선이 그에게 다시 술을 따라주었다. 차를 가져왔다는 사실을 잊은 건 아니었지만, 의식처럼 술이 필요했다. 이 기묘한 공기로 가득 찬 자리에서 이들이 따라주는 술을 마시자 금세 많은 것들이 이해되는 기분이 들었다.

유선은 속으로 열을 센 뒤 입꼬리를 올려 경쟁 피티에서 주로 장착하던 표정을 만들고 입을 뗐다. 수십억 수백억이 오가는 경쟁의 장에서 의심을 확신으로 만들고 모략과 모욕을 견뎌낸 얼굴이었다.

"학창 시절의 재호 씨는 어땠나요?"

"만능 재주꾼이었죠. 워낙 튼튼해서 샌드백처럼 뱃심도 좋고, 그 뭐냐, 개인기. 걸레 빤 물을 그 자리에 꿀꺽 마시고, 장난기도 많아서 뽀리도 잘하고. 뽀리 아시죠? 도둑질 그거."

"죄송합니다. 저 친구가 많이 취했나 봐요."

금테안경이 서둘러 마른 남자의 말을 막았지만 마른 남자의 실없는 말에는 뼈가 있었다. 남자의 입은 웃고 있었지만, 유선의 눈을 똑바로 응시하는 그의 눈에는 핏기와 방향 모를 분노가 서려 있었다.

마른 남자의 횡설수설은 계속 이어졌다. 그 남자의 말이 이해되지 않던 재호의 모습과 짝을 지어 연결되어갔다. 유선은 미소를 지으며 손톱으로 손을 할퀴고 있었다. 손등에 맺힌 피를 몰래 훔쳐 닦던 유선은 테이블 밑으로 마른 남자의 떨리는 두 발을 보았다. 두서없는 말속에서 진짜 하고 싶은 말을 찾아달라는 그의 신호를 알아챘다.

검은 정장이 마른 남자의 어깨를 가볍게 한 번 잡더니 유선의 잔에 술을 따랐다. 검은 정장이 따르는 술은 멈추지 않고 술잔을 넘쳐흐르며 유선의 코트까지 적시고 있었다. 유선은 넘치는 잔을 그대로 마셨다. 덩치 큰 남자가 테이블 밑에서 마른 남자의 팔을 세게 누르는 것이 보였다. 유선과 눈이 마주친 마른 남자의 얼굴이 일그러졌다.

한 무리의 주정뱅이들이 닫힌 식당 문을 두드리는 소리가 들리자, 덩치 큰 남자는 마른 남자의 팔을 세게 한

번 더 누른 뒤 놓아주고 식당 밖으로 나갔다. 한동안 욕설과 고성이 들리더니 잠잠해졌다.

"재호 씨가 오토바이를 훔친 적이 있었대요. 조용한 모범생이 남의 오토바이를 왜 훔쳤을까요?"

"모범생들이 원래 반항심이나 일탈 욕구는 더 많죠. 그리고 아내가 남편을 이해 못 하는 건 당연합니다. 우리 와이프도 제 숨겨진 과거를 알면 당장 이혼하자고 할지도 몰라요. 하하하."

금테안경이 분위기를 전환해 보려는 듯 농담조로 말을 꺼내자 검은 정장과 덩치 큰 남자가 함께 소리 내어 웃었다.

"저희, 이혼해요. 재호 씨는 변했어요. 어떤 사람인지 지금은 전혀 모르겠어요, 내가 알던 사람이 맞는지. 내가 그 사람에 대해 아는 게 있기나 한 건지. 이젠 아무것도 모르겠어요."

굳은 표정을 풀지 않은 유선은 비어 있는 잔마다 술을 따라주며 나지막이 말을 내뱉었다. 벌겋게 손독이 오른 유선의 손을 보곤 금테안경이 안경을 벗어 눈을 거칠게 비벼댔다. 금테안경의 떨리는 손을 보며 유선이 말을 다시 이어갔다.

"재호 씨가 학창 시절부터 쭉 써온 일기장이 있긴 한

데, 차마 읽어보진 않았어요. 일기장에 모든 일상을 미주알고주알 다 쓰는 사람이거든요. 하지만 비밀은, 지켜줘야 하는 거잖아요."

일기장 이야기는 거짓말이었다. 검은 정장이 신경질적으로 담뱃재를 그릇에 털자 덩치 큰 남자의 얼굴이 붉어졌다. 그가 이 식당의 주인인 듯했다. 검은 정장은 개의치 않고 그릇에 다시 재를 떨었다. 덩치 큰 남자가 작게 한숨을 쉬며 마른세수를 하는 것을 유선은 보았다. 유선은 검은 정장 앞에 놓인 그릇을 치우고 재떨이를 밀어주었다. 그 모습을 유심히 보고 있던 마른 남자가 검은 정장 앞으로 가더니 그의 담배를 빼어 피웠다. 검은 정장은 그를 올려다보며 실소하더니 어처구니없다는 듯 고개를 좌우로 천천히 흔들었다. 유선과 눈이 마주치자 검은 정장이 술을 연거푸 두 잔 마셨다.

"뭐, 갈라서신다니까 솔직하게 말씀드려도 괜찮겠죠. 재호가 이성에 눈을 빨리 뜬 편이었어요. 당시에 좋아하던 여자애가 있었는데, 그 있잖아요, 둘이 그걸 하는 걸 우리가 본 거죠. 그래서 뭐, 대충 비밀로 해달라고 자기 스스로 그걸 훔쳐서 갖다준 거라. 사회생활은 잘하고 있을 것 같은데요."

검은 정장은 유선의 눈을 뚫어지게 응시하며 말을 이

어 나갔다. 이미 술에 취했음에도 또박또박 끊어 말하는 공격적인 어조가 마치 유선의 뺨을 한 대씩 치고 있는 것처럼 날카로웠다.

"남편은 자기 자식을 사랑하는 법을 몰라요. 자기 아들이 학교에서 친구들 때렸다는 이유로 제 자식인데도 범죄자 취급하며 무참히 때렸어요. 그것 때문에 이혼을 앞두고 있어요."

유선은 네 번째 손가락에 있는 결혼반지를 만지며 말했다. 유선에게 수치심과 모욕을 주어 자리를 뜨게 하려는 게 검은 정장의 의도로 보였다. 유선은 먼저 수치심을 버리기로 했다.

유선은 소리 내어 깊은 한숨을 쉬었다. 자신을 무장해제하고 거침없이 개인사를 늘어놓는 유선 앞에서 남자들이 눈에 띄게 당황하며 실수하고 있었다. 유선은 그 모습을 지켜보았다. 잠시 제 눈에 맺힌 눈물이 뺨 위로 그대로 흐르도록 놔두었다.

대학교 시절 처음으로 면허를 딴 후 처음으로 고속도로를 탔을 때, 고속도로에서 남자 운전자와 시비가 붙었다. 남자는 유선의 차 문을 두드리면서 차에서 내리라고 소리를 지르다가 트렁크에서 야구 배트를 가져왔다. 야구 배트로 한참 유선의 트렁크를 내리찧으며 욕설과 침을 뱉던 남자는 그대로 갓길에 뒤돌아서 소변을 누었다. 차에서 내린 유선은 천천히 다가가 그 남자의 등을 밀었다. 유선의 엄마가 합의를 위해 경찰서에 왔을 때 그녀는 딸에게 많이 무서웠느냐고 물어봤지만 사실 유선은 그 남자에게 그저 똑같이 되돌려주고 싶었을 뿐이었다. 그 남자의 눈빛은 검은 정장의 눈빛과 닮았다.

"우리 부부는 섹스를 안 해요. 남편은 매일 욕실에서 자기 뺨을 때리고 있더라고요. 그 사람이, 왜 이렇게 됐을까요. 무엇 때문에, 언제부터 고장이 난 걸까요."

커다란 눈에서 눈물과 마스카라가 뒤엉켜 흘러내리는 것을 그대로 놔둔 채 유선은 천장을 응시하며 말했다. 유선의 말에 일순간 정적이 맴돌았다.

"제가 실례가 많았네요. 그만 가봐야겠어요. 죄송해요. 혹시 필요하신 일 있으면 언제든 연락 주세요."

소주를 다시 한 잔 마신 후 유선은 허공을 향해 쓸쓸하게 웃어주었다. 그리고는 마른 남자에게 명함을 건넸다. 술에 취했음에도 두 손으로 명함을 받아 들고 꼼꼼히 보던 마른 남자는 둥그레진 눈으로 유선의 직함을 소리 내어 읽었다.

"우리 딸도 공부를 잘해서 서울에 있는 대학엘 갔어요. 아직 취업을 못 해서 힘들어해요. 제가 돈이 많고 능력이 있었다면 진작에 뒷바라지를 잘 해줬을 텐데. 다 제가 못난 탓이죠."

"아버지를 닮아서 똑똑하고 착한 딸이겠네요. 안 그래도 우리 회사에서 인턴 모집을 하고 있으니 꼭 한번 지원해보라고 말해주세요."

유선의 호의 앞에서 마른 남자는 느닷없이 자기 딸 자랑을 늘어놓기 시작했다. 동굴처럼 어둡던 남자의 얼굴이 마치 빛이 비친 듯 환해졌다. 사십 대 초반인데도 벌써 치아가 좋지 않아 보이는 남자의 손은 거칠고 뭉툭했다.

마른 남자와 한참 웃으며 대화를 나눈 유선은 가게 주인이면서도 손님처럼 테이블 끝자리에 앉아 심부름하던 덩치 큰 남자에게도 명함을 건넸다. 유선의 앞에서 굳게 낀 팔짱을 풀지 않던 남자가 한참 머리를 긁더니 카운터로 달려가서 가져온 자신의 명함도 건네주었다.

"고기 숙성법이 남다른 곳이네요. 서울 유명 음식점에서도 이런 숙성법은 알지 못할 텐데. 혼자만 알기 아까운 명품 맛집이란 생각이 들었어요."

"그런가요? 부모님이 하시던 고깃집이라. 별다른 비법은 없고, 돌아가신 어머니가 개발하신 숙성비법과 양념 맛이 있긴 한데. 이렇게 알아주시니 몸 둘 바를 모르겠네요."

유선의 칭찬에 덩치 큰 남자는 아이처럼 환하게 웃었다. 조금 전과는 완전히 다른 모습으로 보였다. 유선은 사람에겐 다양한 얼굴이 있다는 것을 알고 있었다. 사람이 숨기고 있는 얼굴, 잃어버린 얼굴이 그 사람의 진짜 본모습이라는 것도.

유선은 덩치 큰 남자와 함께 변화하고 있는 고깃집 트렌드와 요즘 인기가 좋은 점심 일인 메뉴에 대해 한참을 이야기 나누었다. 자신이 소외된 것을 느낀 것인지 검은 정장이 불쾌함을 감추지 않고 손가락으로 테이블을 소리 나게 두드리고 있었다.

"자식이 생기면 삶을 돌아보게 되더라고요. 혹시 내가 저지른 나쁜 짓이 아이에게 불운으로 돌아가진 않을지 지난날을 뒤적이며 반성할 것을 찾게 되기도 하고요. 모든 것을 다 주어도 부족한 사랑인데. 정작 내 부족함 때문에 자식에게 상처를 주게 되니 그게 참 아이러니죠."

"재호는 참 좋은 아내를 만난 것 같네요. 그래. 알아야 할 필요가 이해해야 할 필요가 있을 거야. 아내라면 말이야."

유선이 준 명함을 매만지며 한동안 유선의 말을 잠자

코 듣고 있던 마른 남자가 갑자기 일어서더니 금테안경을 밀어내고 검은 정장 옆에 앉아 술을 따랐다. 검은 정장이 한동안 낮은 목소리로 중얼거리던 말에 마른 남자가 언성을 높였다.

"무슨 말을 맞춰? 말은 똑바로 해야지. 그게 장난? 장난이었다고? 규섭아, 네가 좋아하는데 그 여자애가 안 받아주니까 재호한테 그런 거잖아. 날마다 재호를 창고에 데려가서 발가벗기고, 만져대고, 놀리고. 그 여자애가 억지로 보게끔 만들고. 재호 엉덩이 한쪽에 화상 자국이 있는 걸 내가 어떻게 지금까지 기억하겠어."

"닥치지 못해! 너 이 새끼, 내 앞에서 감히?"

"난 이제 네놈이 무섭지 않아. 무섭지 않다는 걸 확인하러 오는 거야. 솔직히 나나 재호가 좀 맞고 살았냐? 넌 이제 왕이 아니야. 여기서 왕처럼 군림하던 네 아버지도 망했고, 너도 망했고, 네 부하들도 다 망한 채 살고 있어. 너 새끼 망한 거 재미있어서 구경하러 왔던 거야! 히히히. 으히히히."

마른 남자는 검은 정장의 눈을 보며 이성을 잃은 사람처럼 웃어대더니, 비틀거리며 가게 밖으로 걸어나갔다. 이내 분을 못 이긴 것처럼 검은 정장이 테이블을 뒤엎고 일어나자 나머지 남자들이 그의 팔을 잡았다. 검은 정장은 그들을 뿌리치고 밖으로 나갔다. 고함과 비명이 연이어 들려오는 동안 덩치 큰 남자는 바닥에 깨져 나뒹구는 접시들을 황망히 바라보고 있었다.

잠시 후 그는 가게 벽에 걸려 있던 동창회 플래카드를 거칠게 뜯어냈다.

유선이 밖으로 나갔을 때 마른 남자와 검은 정장은 얼굴이 피범벅이 되어 각각 반대편으로 쓰러져 있었다. 마른 남자가 천천히 일어나더니 유선에게 목례를 하고 휘적휘적 걸으며 멀어져갔다. 뒤늦게 가게에서 나온 금테안경은 검은 정장에게 가볼 생각은 하지 않고 줄담배를 피우며 건너편 어딘가를 응시하고 있었다.

유선은 검은 정장에게 다가가 그의 얼굴을 내려다보았다. 하이힐로 그의 얼굴을 짓밟고 싶은 충동을 이겨내기 위해 이를 악물어야 했다. 검은 정장은 정신을 차린 듯 기침을 토해내기 시작했다. 그제야 금테안경이 검은 정장을 부축하며 일으켜 세웠다.

유선이 그들에게서 떨어져 주위를 살피는데, 건너편 길의 전봇대 옆에서 누군가의 시선이 느껴졌다. 모자를 쓰고 검은 잠바를 입은 남자였다. 반사적으로 돌아보자 유선과 눈이 마주친 남자는 급히 골목으로 몸을 숨겼다. 유선은 차도를 건너 골목으로 뛰어갔지만 남자는 보이지 않았다. 길에 떨어져 있는 칼이 유선의 눈에 들어왔다. 누군가를 깊게 찌를 수도 없는 작은 커터 칼이었다. 유선은 커터 칼을 주워 코트 안주머니에 넣었다.

"저놈들 괜찮아요. 걱정하지 말고 가보세요. 그리고 미안합니다."

덩치 큰 남자가 유선에게 다가와 말했다.

"재호 씨의 일에 대해서 자세히 말해주세요. 만약 거절하신다면 또 어떤 일이 일어날지 저도 장담 못 해요."

협박조였지만 유선의 눈에는 눈물이 그득했다. 두렵지만 애써 용기를 낸 연약한 여자의 모습. 유선은 자신이 어떻게 보일지 잘 알고 있었다. 그 또한 유선이 의도한 조합이었다.

마른 남자가 가게 안에서 들려준 이야기는 일부에 지나지 않았다. 덩치 큰 남자의 입에서 나온 말들은 유선의 목을 몇 번이고 후려쳤다. 자신이 바닥에 고꾸라져 있지 않고 꼿꼿하게 서 있다는 것을 인식하자 도리어 다리에 힘이 풀렸다. 유선은 생각을 붙들어야 했다. 성범죄 공소시효에 대해서. 그리고 작은 커터 칼에 대해서.

남자는 오늘도 분명 재호를 보았다고 했다. 재호는 매년 동창회에 왔었다고 말했다. 구석 테이블에 앉아 자신들을 한참 바라보며 술을 마시다가 가곤 했다고. 재호는 분명 품 속에 칼이나 망치 같은 것을 가지고 다녔을지 모른다고, 자식이 있는 자신도 그래서 두려워하며 살았다고, 이제는 서로를 위해서 그만 잊었으면 좋겠다고 말했다.

남자는 오늘이 마지막 동창회라는 말을 덧붙였다. 유선은 주머니 속의 녹음기를 껐다. 아직 끝나지 않았다는 말을 마음속으로 되뇌었다. 자신의 가게로 발걸음을 옮기던 남자가 다시 한번 뒤를 돌아볼 때까지도 유선은 그 자리에 그대로 서 있었다.

운전대를 잡은 유선은 갑자기 밀려드는 취기에 정신을 차리기 힘들었다. 일시에 긴장이 풀리자 소변이 마려웠다. 유선은 초등학교 5학년 때까지 배변 실수가 잦았다. 이불에 오줌을 싸는 날이면 아버지가 눈치채지 못하게 유선의 어머니가 재빨리 이불을 갈았다. 아버지의 눈에 띄는 날이면 유선은 셰퍼드 밥그릇 옆에 꿇어앉아 밥을 먹어야 했다.

가로등이 드문드문한 길에 들어서자 졸음이 쏟아졌다. 유선은 힘주어 잡고 있던 인생의 운전대를 놓아버리고 싶다는 생각이 들었다. 핸들을 쥔 손에 땀이 차서 미끄러질 것만 같았다.

그 순간 앞쪽으로 오토바이 한 대가 들이치듯 끼어들었다. 유선은 급히 핸들을 잡았다. 헬멧을 쓰지 않은 남자는 교복을 입은 고등학생이었다. 같은 교복을 입은 여자아이가 남자아이의 등을 꽉 껴안고 있었다.

유선은 남자아이가 웃고 있는 것을 본 것 같았다. 재호와 닮은 그 아이는 마치 재호처럼 보였다. 그들은 이 고향을 떠나서 다시는 돌아오지 않을 속도로 달리고 있었다.

가까스로 고모 집 마당에 도착한 유선의 온몸이 땀으로 흠뻑 젖어 있었다. 극심한 요의를 느낀 유선은 차 옆에서 소변을 누었다. 마른 풀이 엉덩이를 찔러왔을 때 다시 재호의 말이 떠올랐다.

'작은 동굴이 하나 있었는데 거기 숨으면 아무도 날 찾을 수 없었어. 내가 가져다 놓은 의자가 두 개 있는데 이제는 안 맞을지도 모르겠어. 당신이랑 거기 가보고 싶은데, 당신은 언제쯤 시간이 날까.'

유선은 손톱이 깨질 때까지 손으로 땅을 파고 또 파내서 주머니에서 꺼낸 커터 칼을 깊이 묻었다. 밤바람에 실려온 수선화꽃 향기가 유선의 주위를 감쌌다. 유선이 유일하게 좋아하는 꽃을 재호는 알고 있었다. 땅에 무릎을 모으고 주저앉은 유선은 마음속에서 오랫동안 엉켜 있던 말들을 고르기 시작했다.

한 번도 다시 열어보지 못한 일기장을 펼치는 기분에 묵은 먼지가 날리는 듯 눈과 코가 매웠다. 재호의 옆에 앉아 어떤 이야기부터 꺼내야 할지, 어디서부터 이야기를 시작해야 할지 생각하고 있었다. 언제부터 참아왔는지 모를 눈물이 언제 그칠지 모르게 흐르고 있었다. 우선 셰퍼드, 아니 훈이 이야기를 할 것이다. 그리고 재호에게 줄 오토바이 한 대를 살 것이라고 유선은 생각했다.

유선은 재호가 오랫동안 말해왔던 그 작은 동굴을 찾아가기 위해 일어섰다. 어둠은 문제가 되지 않았다. 유선은 자신이 먼저 도착해서 재호를 기다리는 것도 나쁘지 않을 거라고 생각했다.

작가의 말

사랑하는 사람과 함께 치과에 갔었다. 충치와 발치 치료는 고되기도 하지만 비용도 많이 들었다. 왜 이 지경이 될 때까지 치과에 가지 않았느냐는 말은 꾹 참았다. 치과 검진은 원래 결혼 전에 해야 한다는 글을 읽고 그 말에 대해 한참을 생각했다. 충치가 대수인가. 곪아 있는데 찾을 수 없거나 숨기고 있는 마음의 상처가 더 문제 아닐까.

가까운 이에게서 불쑥 튀어나오는 낯선 모습은 두렵다. 나에게 상처를 주는 것이 그 사람이 아니라 그 사람이 입은 과거의 상처들, 그 사람에게 상처를 준 과거의 사람들일지도 모른다. 나도 그랬으니까. 서로 상처 입은 어린아이가 튀어나오지 않으려면 말을 아껴야 덜 싸우게 된다. 말을 잃은 고단한 하루 끝에는 '자기 전에 꼭 양치해'라는 말이 최선이다.

누군가에게 온전히 이해받는 건 불가능에 가깝다. 이해받고 싶은 마음은 아프고 오해로 끝나버린 관계는 슬프다. 말을 하지 않아도 나를 알아주고 내 상처를 읽어주길 바라는 마음은 외롭다. 그 마음에 대해 생각하다가 이 이야기를 쓰기 시작했다.

때때로 우리는 사랑하는 누군가를 위해서 탐정이 되기도, 투사가 되기도 한다. 정말, 그렇게 되기도 한다.

이달의 장르소설

귀신은 있다

박상호

1991년 출생. 대구에서 글을 쓰고 있다. 2020년 「호루라기」로 제2회 119 문화상에서 은상을, 「제3의 종」으로 해양환경 스토리 공모전에서 우수상을 수상했다. 『이달의 장르소설1』의 스릴러 단편 「흰 살 생선」, 『이달의 장르소설3』의 미스터리 청소년 단편 「벽 너머의 소리」를 집필하는 등 다양한 스타일의 작품을 시도하고 있다.

1

짐 정리를 모두 마쳤다. 빵빵해진 가방을 등에 메자 생각보다 가벼워서 놀랐다.

텐트나 취사도구 등은 그쪽에서 준비해 온다고 했다. 나는 내 몫의 침낭과 세면도구만 가져가면 되는데, 정말 그래도 되는지 벌써부터 마음이 불편했다. 적외선 카메라나 팔로우 캠도 없다. 강령술에 쓰일 성수나 양초, 쇠로 된 사발 같은 것도 가지고 있지 않았다. 말 그대로 달랑 몸만 참석하는 셈이다.

준비물은커녕 강령술이 어떤 형태로 진행되는지조차 모른다. 나는 겁이 많아서 괴기물이나 오컬트, 심령현상 같은 것을 멀리하고 살아왔다. 그런 쪽으로는 지식이 아예 없었다. 그런데도 동호회 사람들은 나를 흔쾌히 받아주었다. 이번이 가입 후 첫 참석인데, 바보처럼 보이지는 않을까 솔직히 걱정이 많이 된다.

이런 내가 오기를 부려가면서까지 흉가 체험을 하러 가는 이유는 단 하나, 귀신의 존재를 증명하고 싶기 때문이다.

아무도 없는 집에서 시선을 느낄 때가 있다. 거실 소

파에 앉아 책을 읽고 있으면 시야 끝으로 누가 쳐다보는 듯한 기분이 든다. 누군가 베란다를 걷는 듯한 기척이 날 때도 있었다. 바람이 분 것도 아닌데 서랍장이 저절로 움직이고, 찻잔이 서로 부딪치는 소리가 들리기도 했다. 그러나 돌아보면 아무것도 없는 하얀 벽지밖에 보이지 않았다.

내가 경험한 것을 들려주자 사람들은 안쓰럽다는 얼굴을 했다. 나는 그 얼굴들을 바라보면서 반드시 증명해 보이겠다고 다짐했다. 소위 귀신이라고 부르는, 이해를 뛰어넘은 존재가 우리 집을 활보하고 있다는 것을.

엄마와 여동생이 이 사실을 알면 뭐라고 생각할까.

아버지가 일찍 돌아가시고, 엄마와 나 그리고 여동생, 이렇게 셋이서 이십여 년을 함께 살았다. 어렸을 때부터 엄마와 여동생은 서로 죽이 잘 맞았다. 밥을 할 때도, TV를 볼 때도 두 사람은 늘 껌딱지처럼 붙어 다녔다. 별것도 아닌 드라마 장면에 같이 호들갑을 떨고, 내 낡은 운동화를 보고 냄새가 난다며 손가락질을 했다.

의견충돌이 생기면 나는 혼자서 두 사람을 상대해야 했다. 여동생과 다투면 엄마가 끼어들었고, 엄마와 싸우고 있으면 어느 틈에 여동생이 뒤로 붙었다. 대부분의 싸움은 하루나 이틀이면 풀렸다. 엄밀히 따지면 풀렸다

기보다 내가 양보하는 쪽이었지만 어쨌거나 흐지부지 될 수는 있었다. 그런데 이번에는 상황이 조금 달랐다.

1학기 중간고사 때의 일이다. 방에서 시험공부를 하고 있는데 벽 너머로 음악 소리가 들렸다. 여동생의 방에서 날아오는 소리였다. 여동생은 대학에 진학하지 않고 곧바로 취직을 했는데, 마침 그날따라 일찍 퇴근한 모양이었다. 나는 배려심이라곤 눈곱만큼도 없는 여동생의 태도에 경멸을 느꼈다.

고민할 것도 없이 곧바로 여동생의 방을 찾아갔다. 시험공부에 방해되니 조금만 조용히 해달라고 말했다. 내 딴에는 정중하게 부탁을 했는데 여동생은 들은 체도 하지 않았다. 내 방에서 내가 노래 듣는데 무슨 상관이냐는 말투로 오히려 따지고 들었다. 순간 이성의 끈이 뚝 하고 끊어졌다. 정신이 들고 보니 나는 어느새 상스러운 말을 섞어가며 여동생을 윽박지르고 있었다.

대학도 안 나온 주제에. 무식해서. 몰상식. 일자무식. 양아치. 걸레. 내뱉는 한마디, 한마디가 여동생을 몰아세웠다. 여동생은 한순간 마네킹이 되더니 이윽고 울음을 터뜨렸다. 슬퍼서 못 견디겠다는 듯이 소리 내어 엉엉 울었다.

엄마가 오면서 일단 상황은 일단락되었지만, 그 뒤로 우리는 일절 말을 섞지 않게 되었다. 거실이나 부엌에서 마주치면 재빨리 고개를 숙이고 눈을 피했다. 엄마도 슬슬 나를 멀리하는 눈치였다. 내가 물을 마시러 부엌에 가면 엄마는 퍼뜩 생각났다는 듯이 베란다로 내빼기 바빴다.

그 주 주말, 모녀는 불쑥 짐을 챙겨 집을 떠났다. 듣자 하니 어느 지방으로 벚꽃 여행을 떠난다는 모양이었다. 나는 모녀에게 넌더리를 쳤다. 어떻게든 놀 궁리밖에 안 하는 것이다. 그렇다면 차라리 평생 돌아오지 않았으면 좋겠다. 내 앞에 두 번 다시 나타나지 않았으면 좋겠다. 진심으로 그렇게 생각했다.

그러나 집에 혼자 남게 된 지금, 나는 낮에도 불을 켜놓지 않으면 무서워서 견딜 수가 없었다.

방문을 열고 나가자 이때까지 희미하게 들리던 웃음소리가 확 커졌다. TV에서 코미디 프로그램이 방영되고 있었다. 거실 소파에 앉아 있는 형상이 시야 끄트머리로 보였다. 나는 가능한 그쪽을 쳐다보지 않으려고 노력하며 현관으로 걸어갔다.

신발을 꿰신고 현관문을 열었다. 등 뒤로 문이 닫히려는 찰나, 조금 전까지 거실 소파에 앉아 있던 누군가가 훌쩍 와서 서 있는 듯한 기분이 들었다. 나는 고개를 틀어 그것을 확인하지 않고 묵묵히 계단을 내려갔다. 층

계참을 돌았을 땐 두 칸씩 뛰어서 내려갔다. 다리를 멈추면 그것이 바로 내 뒤에 서 있을 것만 같았다.

나는 약속장소까지 온 힘을 다해 뛰어갔다.

2

역에 도착하니 나를 빼고 모두가 와 있었다. 이번 여행에 나설 멤버는 총 다섯 명. 나를 포함해 남자가 셋, 여자가 둘이다. 하나같이 무시무시하게 거대한 가방을 메고, 한 손에는 셀카봉을 들고 있었다. 다른 사람들 모두 각자가 운영하는 유튜브 채널을 가진 걸로 알고 있다. 실시간으로 방송을 하고 있는지 카메라에 대고 뭐라뭐라 떠들고 있는데, 도저히 흉가 체험을 하러 가는 사람 같지 않았다. 긴장한 사람은 아무래도 나 혼자뿐인 것 같았다.

간단히 인사를 나눈 다음 역사로 들어갔다. 열차 시간까지 조금 여유가 있어 역사 내의 분식집에서 점심을 먹었다. 가입한 날 인사를 나누기는 했는데 누가 누구인지 자세히 기억나진 않았다. 머리를 노랗게 탈색한 여자가 거제에서 왔다고 했던가.

대화 내용은 역시나 심령현상에 관한 것이었다. 최근

떠오르기 시작한 귀신 영상이 하나 있는데, 커뮤니티에서 조작이냐 아니냐 하는 의견이 분분한 모양이었다. 거기에 대해 열띤 토론을 하고 있었다. 진중한 표정과 목소리로만 보면 마치 인류의 탄생을 주제로 이야기하는 사람들 같았다.

당연히 내가 낄 자리는 없었다. "너는 어떻게 생각해?" 하고 물어왔을 때도 나는 우물쭈물 얼버무리기만 했다. 나 때문에 괜히 대화의 흐름만 끊기는 경우가 많았다.

오늘 다녀올 흉가는 K시의 유명한 여인숙이었다. 95년에 운영이 중단된 이래로 건물만 덩그러니 남아 있다고 한다. 중심지에서 벗어난 곳이기도 하고, 건물 뒤쪽으로 울창한 숲이 형성되어 있어서 마니아들 사이에선 꽤 유명한 스폿이었다.

"대한민국 5대 흉가 중 하나야. 이건 어디까지나 소문인데 말이야, 그곳을 방문하겠다고 한 뒤 행방불명된 사람이 벌써 스무 명이나 된대."

열차 옆자리에 앉은 동호회 회장이 그렇게 설명해주었다. 겁을 줄 생각이었을까. 나도 나름대로 자료조사를 해봐서 알고는 있었다. 행방불명됐다는 말은 커뮤니티에서 꽤 유명한 논란거리였다. 언제 한 번은 그 여인숙에 다녀왔다는 남자가 기묘한 사진을 공개한 적이 있었다. 어둑한 건물 벽을 등지고 서서 가만히 카메라를 노려보고 있는 사람들이었다. 남자는 그것이 행방불명된 사람들의 혼이 아니겠냐는 의견을 내놓았다. 물론 사진은 나중에 조작인 것으로 밝혀졌지만, 사람들이 사라졌다는 사실만은 여전히 갑론을박 중인 모양이었다.

"귀신을 믿지 않는 사람들은 보이는 증거에만 집착하는 경향이 있어. 그건 마치 타조가 모래밭에 머리를 처박는 것과 같은 거야. 보이지 않는다고 그 존재를 부정하는 건 옳지 않아."

동호회 회장은 그렇게 주장했다.

사실 타조가 모래에 머리를 처박는 건 실제를 외면하려는 게 아니라 땅의 울림으로 상대의 크기와 위치를 파악하려는 것이지만, 나는 굳이 딴지를 걸지 않았다. 그의 말을 부정하는 것이 곧 귀신의 존재를 부정하는 것과 같았기 때문이다.

쿠궁쿠궁. 단조로운 소리를 내며 열차가 움직이기 시작했다.

3

사진에서 본 것처럼 여인숙은 그저 거대한 회색 덩어

리로밖에 보이지 않았다. 여기저기 지렁이 같은 균열이나 있고, 창문은 모두 깨져 시커먼 구멍처럼 보였다. 높이는 총 3층. 우리는 1층에 짐을 내려놓고 마치 박물관을 관람하듯 천천히 내부를 살펴보았다. 벽지가 뜯어진 벽에는 크고 작은 낙서들이 방명록처럼 쓰여 있었다.

동호회 사람들은 내가 알아먹지도 못할 전문적인 대화를 주고받더니 가져온 장비들을 설치하기 시작했다. 바깥 입구, 복도, 각 객실, 빠짐없이 카메라를 설치했다. 이로써 건물 내에 사각지대는 없다고 봐도 무방했다.

우리는 1층 로비에서 간단히 라면으로 저녁을 해결했다. 밝은 조명을 켜두어서 몰랐는데, 정신을 차려보니 어느새 건물 밖은 암흑으로 덮이고 있었다. 그때까지 들리지 않던 풀벌레의 울음소리도 귀에 들어왔다. 우연히 대화가 끊긴 정적 사이로 모래알을 밟는 듯한 소리가 들려오기도 했다. 그 알 수 없는 소리가 나에게는 어쩐지 본격적인 서막을 알리는 종소리처럼 느껴졌다.

회장의 지시에 따라 조명을 모두 껐다. 뚫린 창문으로 희미한 저녁 빛이 비쳐들어 어느 정도 앞을 볼 수는 있었다. 우리는 2층으로 올라갔다. 복도 가운데 둘러앉아 각자 준비해온 도구들을 꺼냈다. 이제부터 귀신을 불러낼 작업을 하는 것이다. 나는 사타구니에 양손을 찔러 넣고,

바쁘게 움직이는 사람들을 불안한 눈으로 지켜봤다.

"강령술에는 여러 가지가 있어. 우리는 그중에서 가장 보편적인 방법을 쓸 거야."

그게 뭔지도 모르면서 나는 일단 고개를 끄덕였다. 여러 번 합을 맞춰봐서인지 그들은 신호랄 것도 없이 각자 맡은 임무를 척척 수행해갔다. 누구는 성수를 따르고, 누구는 종이를 자르고, 누구는 주문을 외웠다. 틈틈이 행위에 대한 이유를 설명해주었는데 겁을 먹고 있던 탓에 귀에는 잘 들어오지 않았다. 귀신을 보기 위해 참석한 주제에 겁을 먹다니, 스스로도 어이가 없었다.

기묘한 주문이 모두 끝나고 그들은 개인 방송을 시작했다. 각자 셀카봉을 들고 어둑한 건물 이곳저곳을 누비며 즐겁다는 듯 떠들었다. 어쩌면 그들은 귀신을 포착하겠다는 마음보다 방송을 하겠다는 마음으로 참여했는지도 모르겠다.

그들이 일을 보는 동안 나는 방에 야영할 텐트를 설치했다. 미스터리 동호회답게 사람들은 각 방에 한 사람씩 들어가 잔다고 했다. 첫날이었기 때문에 일단 오늘은 회장의 텐트를 같이 쓰기로 했지만, 다음부터는 나도 따로 자야 한다며 누군가가 귀띔해주었다.

텐트 안에서 스마트폰을 만지작대고 있자니 주변에

오가던 발소리가 멀어지는 게 들렸다. 각자 방으로 돌아가는 소리였다. 새벽 2시가 넘은 시간이었다.

얼마쯤 지나 회장이 텐트로 들어왔다. 그는 곧장 침낭배를 가르고 육중한 몸을 밀어 넣더니 몇 번이고 거친 숨을 몰아쉬었다. 그러다 이내 잠잠해졌다. 죽은 게 아닐까 싶을 정도로 갑작스러운 침묵이었다. 잠시 후 즈, 즈, 하고 규칙적인 숨소리가 들려왔다. 그의 숨소리에 안심하고서야 겨우 눈을 감을 수 있었다.

얼마나 지났을까. 잠결에 어떤 소리를 들었다. 차압, 차압, 슉. 기묘한 소리였다.

상체를 들어 어둑한 텐트 입구를 바라봤다. 가만히 귀를 기울이자 역시나 착, 하고 소리가 울렸다. 조금 전보다 소리가 가까웠다. 순간 텐트 안이 냉동고라도 되는 것처럼 체온이 확 떨어졌다. 회장은 이쪽으로 등을 보인 채 움직임이 없었다.

조심조심 텐트를 열어보았다. 복도 창문으로 달빛이 파랗게 비쳐들고 있었다. 원래는 문이 달려 있어야 할 입구가 뻥 뚫려 있었기 때문에 텐트 안에서도 창밖을 내다볼 수 있었다.

나뭇가지의 뾰족뾰족한 실루엣 사이로 붉은색 십자

가 하나가 우뚝 솟아 있었다.

언젠가 대학 친구가 했던 말이 떠올랐다.

— 우리나라에 교회가 얼마나 있을 것 같아? 아마 동네마다 하나씩은 있을걸? 너, 귀신이 십자가 무서워한다는 말은 들어봤지? 다시 말해 우리는 십자가의 보호 아래 있다는 거야.

그리고 이렇게 덧붙였다.

— 만약 귀신이 있다면 그땐 교회한테 책임을 물어야 해. 기도가 부족했다는 증거니까.

그 생각이 나서 나도 모르게 웃었다. 그때 다시 찹, 하고 소리가 났다. 계단 층계참에서 나는 소리 같았다. 맨발로 콘크리트 바닥을 밟으면 이런 소리가 나지 않을까. 그런 생각을 하는데 등 뒤에서 느닷없이 목소리가 날아왔다.

"고양이야."

회장의 목소리였다. 잠에 취한 듯 푹 가라앉은 목소리였다.

"신경 쓰지 말고 자."

그렇게만 말하고 그는 다시 잠에 빠져들었다.

그 소리는 정말 고양이의 발소리였을까. 회장은 이런 비슷한 경험을 수도 없이 해본 모양이지만 나는 아니다. 공포심에 몇 번이나 누운 자세를 바꿔야 했다.

오들오들 몸을 떨면서 머릿속으로는 가족을 생각했다. 좀처럼 날이 밝아오지 않았다.

4

"뭔가 시시하네."

설치한 카메라를 회수하면서 회장이 말했다. 카메라에 아무것도 찍혀 있지 않았기 때문이다.

"5대 흉가라고 해서 뭔가 나올 줄 알았는데 말이야."

우리는 느릿하게 짐을 챙겼다. 햇빛이 들이치는 건물 내부는 거짓말처럼 하나도 무섭지 않았다. 붉은색으로 낙서 된 글자도 그저 어린애들 장난같이 보였다.

동호회 사람들과는 역에서 헤어졌다. 첫 흉가 체험에 대한 감상을 묻기에 얼떨떨하다고 대답했더니 모두 깔깔 웃어젖혔다.

집까지 혼자 걸어갔다. 걸으면서 생각했다.

귀신은 정말 없을까. 카메라에는 왜 아무것도 찍히지 않았을까.

분명 건물 내부 곳곳에 카메라를 설치했다. 사각지대는 아예 없다고 봐도 무방했다. 그런데 아무것도 찍혀 있지 않았다. 그렇다면 어젯밤 들린 소리는 대체 무엇이란 말인가. 회장은 고양이라고 했는데, 카메라에는 고양이의 꼬리조차 찍혀 있지 않았다.

바람이었을까? 아니. 나는 바람 소리와 발소리도 구분 못하는 천치가 아니다.

귀신의 존재를 부정하는 사람들은 이렇게 말한다. 존재한다는 증거가 없는 이상 그것은 존재한다고 보기 힘들다고. 하지만 내 생각은 다르다. 존재한다는 증거는 없지만, 존재하지 않는다는 증거 또한 없는 것 아닌가. 나는 분명히 들었다. 차압, 차압, 슉, 하는 그런 기묘한 소리를. 나 혼자서 들은 것도 아니었다. 동호회 회장이 그것을 가리켜 고양이 발소리라고 하지 않았나.

귀신은 있다.

귀신은 반드시 존재한다.

죽음에 대한 공포가 인류에게 사후세계를 상상하게 했다. 그리고 사후세계를 논하는 발판이 바로 귀신이라는 존재다. 누구는 죽으면 천국에 간다고 하고, 누구는 죽으면 자연으로 돌아간다고 한다. 누구의 말이 맞는지는 모른다. 하나 확실한 건 어디를 가든 혼은 반드시 남아 있기 마련이라는 것이다. 사람의 혼이 절대 그냥 사라질 리 없다. 남겨진 사람에 대한 배려도 없이, 그렇게 허무하게 사라질 리 없다.

집에 도착해 현관문을 열자 웃음소리가 들렸다. TV에서 나는 소리였다. 그 일 이후로 나는 한 번도 TV를 꺼트린 적이 없었다.

몸이 피곤해 거실 소파에 먼저 앉았다. 혼자 앉아 있는데, 옆에 누가 함께 앉아 있는 듯한 느낌이 들었다. 시야 끄트머리로 무언가 보였다. 그러나 확인하려 고개를 돌리면 잽싸게 사라지고 만다. 나는 그게 엄마와 여동생이라고 믿고 있다.

사고 소식을 들었을 때 나는 PC방에서 게임을 하고 있었다. 기사가 졸음운전을 한 탓에 모녀를 태운 버스가 절벽 아래로 추락했다고 한다. 벚꽃 구경을 하고 집으로 돌아오던 길이었다.

병원에서 엄마와 동생을 봤을 때도, 장례를 치르고 발인을 했을 때도, 어쩐지 아무런 실감이 나지 않았다. 두 사람이 없다는 건 엉뚱하게도 혼자 라면을 먹을 때 깨닫게 된다. 식탁에 김치가 보이지 않아서, 함께 먹자고 달려드는 사람이 없어서 눈물이 났다. 여동생에게 했던 모진 말들이 생각나서 가슴이 아팠다. 엉엉 울고 있으면 갑자기 등줄기가 선득해지는 느낌이 난다. 나는 그것이 내 등을 가만히 쓰다듬는 엄마의 손길이라고 믿는

다. 증거를 제시하지 못하더라도, 과학적으로 설명하지 못하더라도, 설사 교회로부터 보호를 받고 있다 하더라도, 나는 그것이 가족의 존재라고 믿고 있다.

TV 속 사람들이 나를 비웃듯 계속 웃어댄다. 나는 리모컨을 조작해 프로그램을 바꿨다. 채널과 채널 사이에 아주 잠깐 검은 화면이 비쳤다.

채널을 돌린다. 검은 화면이 보인다.

채널을 돌린다. 검은 화면이 보인다.

채널을 돌린다. 검은 화면으로 엄마와 동생, 그리고 내 모습이 비친다.

엄마와 동생이 입을 벌리고 웃고 있다. 병원에서 봤던 모습 그대로, 머리가 깨지고 코가 문드러진 얼굴로 활짝 웃고 있다.

나는 채널을 계속 돌렸다. 두 뺨으로 눈물이 흘러내렸다. 눈물을 멈출 수가 없었다.

작가의 말

「귀신은 있다」를 읽어주셔서 감사합니다.

사실 저는 귀신을 믿지 않지만 뻔뻔하게 거짓말을 했습니다. 죄송합니다.

이렇듯 소설을 쓰다 보면 제 사상과 영 딴판으로 이야기가 흘러갈 때가 있습니다. 나는 이렇게 생각하는데 주인공은 저렇게 생각한다거나, 주인공은 저렇게 생각하는데 나는 이렇게 생각한다거나. 그럴 땐 매우 높은 확률로 제가 져줍니다. 이쪽에서 양보를 하지 않으면 이야기는 좀처럼 진행이 되지 않기 때문입니다.

늘 등장인물에게 글의 흐름을 맡기다 보니 정작 '작가의 말'은 어떻게 써야 할지 모르겠습니다. 벌써 한계에 봉착했습니다. 이것도 계속 쓰다 보면 실력이 느는 걸까요?

「귀신은 있다」를 읽어주셔서 다시 한번 감사드립니다. 그리고 이렇게 좋은 기회를 주신 고즈넉이엔티에게도 감사하다는 말씀 전하고 싶습니다. 더 열심히 쓰도록 하겠습니다.